只有香如故

宋词十三星宿背后的故事

独秀山 ◎ 著

▲ 海天出版社（中国·深圳）

图书在版编目（CIP）数据

只有香如故：宋词十三星宿背后的故事 / 独秀山著. —
深圳：海天出版社，2017.6
  ISBN 978-7-5507-1946-0

  Ⅰ．①只… Ⅱ．①独… Ⅲ．①词人－生平事迹－中国－
宋代②宋词－诗歌欣赏 Ⅳ．①K825.6②I207.23

中国版本图书馆CIP数据核字(2017)第071774号

只有香如故：宋词十三星宿背后的故事
ZHIYOU XIANG RUGU: SONGCI SHISAN XINGXIU BEIHOU DE GUSHI

出 品 人	聂雄前
责任编辑	许全军 童 芳
责任校对	林凌珠
责任技编	梁立新
装帧设计	知行格致

出版发行	海天出版社
地 址	深圳市彩田南路海天综合大厦7～8层（518033）
网 址	http://www.htph.com.cn
订购电话	0755-83460397（批发） 83460239（邮购）
设计制作	深圳市知行格致文化传播有限公司 Tel：0755-83464427
印 刷	深圳市新联美术印刷有限公司
开 本	889mm×1194mm 1/32
印 张	7.25
字 数	113千字
版 次	2017年6月第1版
印 次	2017年6月第1次
印 数	1～6000册
定 价	35.00元

永遇乐
京口北固亭怀古

千古江山，英雄无觅孙仲谋处。舞榭歌台，风流总被雨打风吹去。斜阳草树，寻常巷陌，人道寄奴曾住。想当年，金戈铁马，气吞万里如虎。

元嘉草草，封狼居胥，赢得仓皇北顾。四十三年，望中犹记，烽火扬州路。可堪回首，佛狸祠下，一片神鸦社鼓。凭谁问，廉颇老矣，尚能饭否？

一剪梅　李清照

红藕香残玉簟秋，轻解罗裳，独上兰舟。云中谁寄锦书来？雁字回时，月满西楼。

花自飘零水自流，一种相思，两处闲愁。此情无计可消除，才下眉头，却上心头。

卜算子·咏梅

陆游

驿外断桥边，寂寞开无主。已是黄昏独自愁，更著风和雨。

无意苦争春，一任群芳妒。零落成泥碾作尘，只有香如故。

定风波

苏轼

常羡人间琢玉郎，天应乞与点
酥娘。自作清歌传皓齿，风起，
雪飞炎海变清凉。

万里归来颜愈少，微笑，笑
时犹带岭梅香。试问岭南应
不好，却道，此心安处是吾乡。

诗酒趁年华

好友独秀山君新作出版，我不免欣喜若狂，美好的记忆不禁回溯到那年初三。

有些交情很奇怪，相交多年，说断就断；而我与独秀山君只有一年共同的学习时光，却静水深流，友谊绵长。即使时光流逝，山河阻隔，也心交神往，不得不说，诗词是一座灵秀而稳固的桥梁。

我爱诗词始于初中二年级，一触即狂，朗读、背诵、抄录、试写，广泛涉猎诗人传记，心驰梦绕。初三方与独秀山君同校同班，刚好几个好友都好此道，真如"干柴烈火"，越烧越旺。而这种课外阅读，反而使枯燥的升学考试生活平添绚丽的色彩。

那是我十几年求学生涯中最美好的时光。学校坐落在高高的同马大堤绿坡之下。堤外皖河悠悠，蒹葭苍苍，青峰逶迤；堤内村庄簇簇，炊烟袅袅，百里平畴。我们在堤坝内外捧读古典诗词，那鲜词丽句，万种风情；春晓河边，秋日黄昏，是何等享受！我们对空高诵，我们低首沉吟，我们互质互难，我们的友情也在潜滋暗长。

我和独秀山君对唐诗、宋词的喜爱与岁月同长。独秀山君工作忙碌，但对诗词的爱好却与日俱增。现今功利日盛，物欲横流，为什么唐诗、宋词仍然成为我们的共同追求呢？我想，是因为诗词有着无穷的魅力。

一是抚慰心灵。诗词是温柔之手，安抚我们受伤的身心。生活如赛场，谁能不受伤？有人嗜烟灌酒，有人斗牌泡妞。而一首诗词，让你与人对谈，他说"书咄咄，且休休，一丘一壑也风流"，你又何忧？他说"休对故人思故国，且将新火试新茶，诗酒趁年华"，你又何惧？

二是滋养人生。打开诗词世界，你的人生就会多一道色彩。诗词让你广步大好河山，诗词让你回首繁华时代。那"一夜鱼龙舞"的大宋元宵夜，那"日长飞絮轻"的春日采桑女，难道不让你心迷神醉？人活着毕竟不只是吃香喝辣，还需要精神养料，而古诗词正是精神养料的充沛来源。

三是物以致用。诗词不是空谈，而是生活所必需的工具，能让我们创造，让我们表达。各种谈心、讲话，各种网络交流，各种文章、艺术，没有诗词内蕴，那语言是多么苍白乏味！一位企业家在招商大会上用了一篇我写的发言稿，他对我说，因为我在发言稿中使用了许多诗词意象，使讲稿贴切而又雅驯，后面的市、县领导不好意思再用已准备好的稿子了，只好随便讲几句。文明皆由传承而来，没有古诗词，就没有好的现代中文。

独秀山君忙里"挤"闲，笔耕心耘，汇成词话一卷，可嘉可贺，可读可研。作为老友，喜欢他轻松愉快的笔调、融会贯通的故事。我想，喜欢诗词的朋友，肯定也喜欢这本宋词佳作。

潘学历

有感于
独秀山话宋词

每个人读书的习惯各不相同，我在读书时经常会"跳跃"着看，甚至有时会"跳"到最后先看看结尾是否有意思，再来确定这本书怎么读。对于能利用闲暇的时间（如乘飞机），妙趣横生且无须保持阅读连续性的书，我很喜欢。

大学同学独秀山君，把他的爱好——赏析宋词的心得体会，利用微信朋友圈与大家分享，获得无数好评与点赞。透过他那些诙谐与有调侃味道的文字，把古典诗词的意境美，不论是雄奇开阔、旷放开朗、苍凉悲壮、深邃沉郁的阳刚之气，还是浓艳瑰丽、淡泊静谧、清新素雅、凄冷寒凉的阴柔之意，以及抒情的豪纵雄健、慷慨悲凉，写景的苍茫阔远、峭拔萧疏，语言上的渲染夸张、古朴遒劲、健朗明快，内容上的深蓄厚积、感情深沉、曲回郁结等多样的美，表现得淋漓尽致。通过勾勒词人的背景故事来深入解读宋词，文字饱含着情怀，让人感到那些时日已久的字词之间"写情则沁人心脾，写景则在人耳目，述事则如其口出是也"，感受"读"的乐趣和魅力。此次聚沙成塔，编辑成书，定是"黄金屋"里满是"颜如玉"，更体现了古典诗词继续流传，依然旺盛的、新鲜的生命力。

我与独秀山君相识在人民大学校园，当时正是充满激情的20世纪80年代，改革开放不仅吹皱神州大地这池春水，思想变化亦使文学再度逢春，"文学青年"这一称呼代表着一大批青年人的文学梦，独秀山君当属此列。依稀记得那时的独秀山君，经常是班上或系里板报的撰稿人，也是我们班毕业纪念册文字总撰稿人之一；每每谈起古今中外的大作家、大诗人如数家珍，言及某作品侃侃而谈、头头是道、评论滔滔，让我甚是羡慕；就连走路时，他也会吟诵诗词，腋下常常夹着一本小说或诗集，或是一本权威的文学刊物，如《人民文学》《收获》等等。毕业后，他分配到深圳市档案馆工作，虽然"混园肚子为要着"，但他的爱好不曾忘却，常有文字见诸报纸、杂志。闲暇之余痴迷于唐诗、宋词的美境里，把生活的美好和感悟沁入字里行间，不仅帮助他调整了工作，还以一首《江城子》摇动伊人的芳心，"抱得美人贻芳归"，这样的爱好太棒了！

我在盐田养病期间，得到了独秀山君的许多关切，亦了解他的爱好早已今非昔比，恰似梅花历经苦寒、凤凰涅槃，其音更清、其神更髓。现在的独秀山君经常会词兴大发，随手之作都是情真意笃、生动亲切。现辑录三首：

鹧鸪天·与松涛小桂湾垂钓

倦客觅闲小桂湾，华发青山倚渔船。无花无酒沧波上，渺空烟远景无限。

乡梦窄，天地宽，惟念旧时水共山。钓起寒风迎春至，持竿吹哨夕阳还。

（2013年岁末，天寒而日光足，与独秀山君一家及小陈、安安同去惠州小桂湾海钓，渔排之上战天、斗鱼乐无限，感怀至深。）

清平乐·松涛与先红、荣花文昌偶遇

椰树摇摇，沙滩人行早。荣花先红现海角，雾中静静听涛。

或饮三杯淡酒，或留几声浅笑。美煞天涯倦客，何时结伴逍遥？

（2014年大年初二，同学陈先红、冯荣花分别从武汉、珠海至文昌，商定我从三亚出发至文昌"偶遇"二人，开始一次说走就走的旅行。其乐融融、情意绵绵，独秀山君有感而发。）

临江仙·中英街

忆昔虎门焚鸦片，珠江满是狼烟。清廷割地苟喘延。凄风苦雨日，一街分两边。

百年历史弹指间，老街展露新颜。漫步小径叹变迁。参天大榕树，风中更翩翩。

（2014年5月6日，霏雨中与独秀山君、宏伟、小黄主任游中英街，这条沧桑的老街让我等感触颇多。）

"芳草无情人自迷。"即景生情且文情并茂，已是独秀山君的生活常态。三年前，为贺乔迁，有友送三角梅一株，独秀山君置之阳台悉心呵护，四十天后仍枝枯不见叶发，而独秀山君不放弃，照例浇水侍弄。"人憔悴，只为谁？"深受感动的三角梅终于吐出嫩芽，很快便叶绿花艳、亭亭玉立。

《传习录》云："立志用功，如种树然……初种根时，只管栽培灌溉，勿作枝想，勿作叶想，勿作花想，勿作实想。悬想何益？但不忘栽培之功，怕没有枝叶花实？"独秀山君植梅，践行心学之实务，亦诱发出创作灵感，先后创作了四首《咏三角梅》：

一

疏影横斜枝两三，暗香浮动空山远。

可叹绿绕青无数，众芳摇落我独妍。

二

阳台数枝梅，一朵出墙来。

丝雨润其面，淡烟拥入怀。

迎风舞婀娜，戏雾观自在。

一蓑烟和雨，从容听惊雷。

三

一枝独秀两朵花，山当绿袍云作纱。

天空不见惊鸿影，学诗悟道种桑麻。

四

阴晴不易色，夜幕色尤彻。

区区一枝梅，竟是半个哲。

还有更多。

我们的生活正在飞速地变化，生命是否也在飞速地丧失着什么？若能与现实的喧嚣拉开一点儿距离，认真地整理一下自己的爱好，或者以比之前更开阔的视野和更深入的程度，表达自己的思想或认识，生活的乐趣、生命的价值，就会与自己的期许更近，因为文字也好，文学也罢，自己的体会最重要。若把独秀山君对宋词的解读喻为一朵小花儿，"你未看此花时，此花与汝心同归于寂；你来看此花时，则此花颜色一时明白起来"。

已是"知天命"的我们，"而今何事最相宜？宜醉宜游宜睡"。当"乃翁依旧管些儿"时，我们就去"管竹管山管水"。读懂此中真意，就会不再惘然。

李松涛

我仿佛
听见了时间飞车
换挡的声音

美国喜剧演员格劳乔·马克斯（Groucho Marx）说过一句富有哲理的话："没有人的脚后跟不被时间踩伤。"我觉得这句话应该包括两层含义：一是时间胜人。尽管看不见、摸不着，时间却对任何人一视同仁，任你有经天纬地之才，任你有万夫不当之勇，任你有富可敌国之财，也不能把你手表上每一分钟调成六十一秒。所以，你可以打败任何一种动物，却永远赢不了那来无影去无踪的时间。二是时间易人。也就是说时间能改变一个人对另一个人的看法。比如大家熟悉的孔子，起初，他并不受人待见，周游列国十四年，传道授业，跑官要官，惶惶如丧家之犬。汉武帝时，"罢黜百家，独尊儒术"，从政治上肯定了孔子及其儒学的历史地位后，他就逐渐被神化起来，此后历朝历代都对孔子不断追谥，到了清顺治年间，孔子被加封为"大成至圣文宣先师"。20世纪初掀起的新文化运动提出"打倒孔家店"，他又被一脚"踩"到地上。当下提倡国学，主要内容实际上是孔子之学，孔老夫子再一次被成功"激活"，引用他说过的话成了十分时髦甚至能吓唬人的事。

于是，你会发现，时间看起来能战胜一切，却无法对有思想的人予以致命一击。我的老乡陈独秀就是典型的例子。这位《新青年》杂志的创办者，既是五四运动的总司令，也是中国共产党的缔造者之一，一度因犯路线错误而被自己创立的组织除名并批判。然而，时过境迁，陈独秀的思想仍是人们津津乐道的话题。

于是，你会发现，孔夫子也好，陈独秀也罢，他们的思想地位之所以因时而变，都跟一个叫"意识形态"的东西有关。因为每分钟等于六十秒的时间没变，孔夫子、陈独秀等留下的思想也没变，而掌握他们思想话语权的人却变了。从这个意义上讲，不是时间改变了人，而是人改变了人。

于是，你会发现，有一样东西，不仅时间战胜不了，而且人也改变不了。这个东西叫"精神"，也可以称之为"人性"。比如说宋词，那些生活在大宋王朝的官员文人留下来的作品，不是方块字的简单堆砌，也不是韵律的巧妙安排，而是对人生的思考，对生命的敬畏，对自然的膜拜，对情感的宣泄。这些纯人性的作品，超越了意识形态，超越了时空界限，不仅不会随时间的变化而销声匿迹，反而会随着时间的推移而引起更多的共鸣，还能成为人与人之间"一座灵秀而稳固的桥梁"。为什么苏轼人见人爱？因为他始终保持着一颗率真的初心，心安处便是故乡，"一蓑烟雨任平生"。为什么李煜之词共振者众？因为他的词只有原色，而没有染色，绝不会"为赋新词强说愁"。为什么柳永死时，半城皆缟素，送者皆妓女？因为柳永宁可不要"浮名"，也不愿失去自我，终成烟花巷陌之人的精神寄托，而不是浑浑噩噩地吃软饭……这些词人的作品无关意识形态，无关物欲和感官刺激，反映的是普通大众的内心世界，追求的是自身的精神愉悦。而这些，恰恰是一个民族生生不息的文化纽带，也只有这些，才永远是时间的胜利者。

凡是民族的才是世界的，凡是人性的才是永久的。于是，你会发现，无数的后人试图去破译前人留下的富有人性光芒的作品，并试图通过历史背景去探视作者的内心世界，其中包括我自己。尤其是随着年龄的增长，心智的成熟，阅历的增多，见识的形成，这种心理更加迫切。就像苏格兰作家埃里克·林克莱特（Eric Linklater）所说："在我的背后我时常悚听，时间的飞车换挡的声音。"于是，我用三十多年的积累，熬了六十多天夜，写了七十多篇文章，完成了平生第一部著作——《只有香如故：宋词十三星宿背后的故事》，作为献给自己迈入知天命之年的生日礼物。

宋词的生命力在于，它已不纯粹是文学作品，而已成为中华文化宝库里的艺术品。宛如苏轼笔下的庐山："横看成岭侧成峰，远近高低各不同。"每个人都有自己的理解，我的解读只代表个人观点。这里没有是非曲直之分，只有仁智之分。把自己对宋词的理解和感悟尽情地"倒"出来吧，其他的我看最好还是留给时间去验证。也许，正是一代又一代人对宋词的喜爱，时间反而成了它赖以长青的生命之树。

陈晓武

2016 年 10 月 30 日

深圳市盐田区沙头角

目 录

宋词之天愁星薄命王李煜
—— 梦里不知身是客

题记

独自凭栏江水流，家国万里梦中游。

纵然区区方寸地，写尽人间一片愁。

（一）

960 年元月，通过兵变窃取后周政权而上位的赵匡胤，庄严而隆重地对外宣布：宋王朝从此建立了！在随后的几年里，赵匡胤带领宋朝军队东征西伐，实现国家统一的宏图大业。在宋朝军队的强大压力之下，周边国家感到了前所未有的生存危机。

其实，在 958 年，位于长江边，建都金陵（今南京）的南唐国，其国君李璟已被后周皇帝柴荣吓得够饯，并以去帝号、向后周称臣纳贡为条件，换取南唐免受战乱之灾。这李璟听说自己的主子换成了赵匡胤，他有个强烈的预感：这是个更惹不起也躲不起的主，南唐休矣！于是，整日里忧心如焚，以美酒浇愁，与美女寻欢，借诗词赋情。

且慢，李璟会写诗词？

是的，不仅会写，且是高手。要不，他的儿子李煜怎么会有那么好的遗传基因呢！

哦，那不一定吧！我父亲英语特好，为何我只会说"Thank you"？

事实胜于雄辩，还是读读李璟填的词吧——《摊破浣溪沙》：

其一

菡萏香销翠叶残，西风愁起绿波间。还与韶光共憔悴，不堪看。

细雨梦回鸡塞远，小楼吹彻玉笙寒。多少泪珠何限恨，倚阑干。

其二

手卷真珠上玉钩，依前春恨锁重楼。风

里落花谁是主？思悠悠。

青鸟不传云外信，丁香空结雨中愁。回
首绿波三楚暮，接天流。

这两首词一写秋愁，一写春恨，原本都是想表达
一位女子对远方恋人的思念之情。可是李璟贵为皇帝，
身边美女无数，他怎么能容忍自己的嫔妃心里想着别
的男人呢！因此，我认为李璟潜意识里是想表达自己
此时的心境。李璟说，我已步入不惑之年，人生仿佛
到了秋天，秋天本来是收获的季节，可是我等来的却
是宋朝水军压境（愁起绿波间），欲和不能，欲打不
行，我只得独自凭栏，玉笙吹寒。即便是春天来了又
能怎样？"风里落花谁是主"啊，我仿佛是雨中丁香，
除了愁还是愁！

专门研究宋词的专家们，对我这种解读可能会气
得吐血。在他们眼里，我简直是胡说八道。可是，我
还真不是乱说的。宋词的魅力恰恰在于，不同的人就
有不同的解读，倘若一眼看穿，还有什么味道？正所
谓"看得明的叫物品，看不明的叫艺术品"。好比毕加
索的画，好像谁都看不懂，又好像谁都看得懂，这是
它的艺术魅力。宋词之所以能流传至今，因为它已超

越文学作品范畴，成为经典的艺术品。更何况言为心声，李璟这个在皇宫深院里生活的大男人，他哪有远方的女人可想？

专家们吐没吐血，我不关心，但李璟却积愁成疾吐血了。961 年，四十六岁的李璟去世，把一个风雨飘摇的江山留给了第六子李从嘉。那个愁啊，如一江春水继续向东流去……

（二）

李从嘉继位后，做的第一件事就是改名，这一改居然改出了"千古词帝"，李煜的大名由此登上历史舞台，吸引无数粉丝陪他愁、陪他恨、陪他哭、陪他笑。只是可叹他"做个才子真绝代，可怜薄命做君王"！

在写李煜之前，我是有顾虑的。原因是：李煜是不是宋代词人？按理说，李煜是一国之君，代表的是一个国家，跟邻居赵匡胤应该算是藩属关系。后来一想，既然李煜已向赵匡胤俯首称臣，甚至还去了南唐国号，改为江南国主，最终在北宋京城汴梁（今河南开封）生活了两年多的时间，将其算作大宋子民也是说得过去的。找到了写李煜的理由，我不由得长吁一口气，因为我也是李煜的"铁粉"。宋代词人若缺了李煜，相当于人的五官少了一双眼睛，是没有灵气的。

李煜身上有两个神奇而又浪漫的现象，即生于七夕，亦死于七夕。而这两次都不是他自己选择的。无法选择生，那是废话；无法选择死，还真不一定。然而李煜之死，确实不是他选择的。

还是先说生吧。937年七夕，李煜出生于金陵的南唐皇宫里。南京这个城市，脂粉气太浓，虽是虎踞龙盘之地，但因阴柔之气过盛而难成大业。随着年龄的增长，在所有皇子中排行第六的李煜，在度过了无忧无虑的童年后，时不时会感到一丝恐惧。他觉察到有一双眼睛经常恶狠狠地盯着自己，那是皇太子李弘冀的眼睛，因为李弘冀发现李煜一目双瞳，貌有奇表，担心他觊觎皇位，于是对这个六弟严加防范。李煜是个明白人，为明自己无意争位之志，自号"莲峰居士"，以此表达归隐之意，不问政事，终日潜心修学，研读经书。这下可好，"装"了一肚子学问。然而，李弘冀到底还是没防住六弟，防不住的原因很简单，是因为他自己先到阎王那儿报到去了。看来，人和人比，没有比健康、比寿命更重要的了。"有意栽花花不发，无心插柳柳成荫"，就这样，学富五车的李煜当上了皇帝。我想，李煜应该是我国历史上文化水平高、学问高、文学作品艺术性高的"三高"皇帝。

可这样牛的"三高"皇帝继位后首先想的问题竟然是如何让自己、让南唐活下去？于是，他立即修书派人送给赵匡胤，表示您是正统、是老大，南唐虽然不是十分富裕，但只要老大您一开尊口，要人给人，要物给物。赵匡胤开玩笑说：老弟呀，大哥想要你啊！你那么有文化，如果住在我身边，天天给我讲故事，多好啊！李煜听后大惊失色，心想：完了，姓赵的胃口太大，自己十有八九将成为亡国之君！于是回复道：老大啊，小弟只会给女人讲故事，老大您武艺高强、阳刚十足，我怕自己的阴柔之气传染给您，影响您纵马驰骋，我弟李从善比我强，让他去陪您可好？没想到赵匡胤居然同意了。

南唐之危暂时解除之后，李煜终于可以让自己放松一下，想知道他是用什么方式放松的吗？还是听听他自己怎么说的吧：

木兰花（又名玉楼春）

晓妆初了明肌雪，春殿嫔娥鱼贯列。

笙箫吹断水云间，重按霓裳歌遍彻。

临春谁更飘香屑，醉拍阑干情味切。

归时休放烛花红，待踏马蹄清夜月。

　　这其实是一幅活色生香图，也就是李煜和一班肌肤如雪的宫女吹笙箫，舞《霓裳》，醉拍栏杆，并要求回宫时不用烛光照，而是自己骑马踏月。羡慕吧！这李煜真是，自己玩了就玩了，还要记录下来，偏偏文笔还那么好，害得多少痴男怨女为之想入非非。但我要告诉你，这不过是李煜一次普通的集体活动而已。我敢肯定，如果看到他的私人幽会，你可能就挪不开步了。有兴趣吗？那就请接着往下看。

（三）

　　李煜不仅是语言大师，也是心理学大师。他的词之所以深受大家喜爱，主要是他对人物心理活动的刻画自然而又入木三分，可以说是写到了人的内心深处，极富感染力，极易引起读者共鸣。包括他写的所谓"艳词"，看似露骨，其实含蓄；仿佛暧昧，却又浪漫。让你感到在享受美的同时，还会产生一点欲念。
比如，他那首广受所谓道学家批判的《一斛珠》：

晚妆初过，沉檀轻注些儿个。向人微露
丁香颗。一曲清歌，暂引樱桃破。

罗袖裛残殷色可，杯深旋被香醪涴。绣
床斜凭娇无那。烂嚼红茸，笑向檀郎唾。

我实在不好意思用语言去描述这首词所渲染的场
景，只能在心里暗暗叫骂：李煜啊李煜，不就是你和
女人之间打情骂俏的一点破事嘛，至于写得那么勾魂、
那么夺魄吗？郁闷的是，我还无法说你下流，是低级
趣味。

李煜敢写这样的词，说明他活得很真实，是真正
的性情中人。在他的身上只有原色，而没有任何染色。
爱是爱，恨是恨，愁是愁，绝不会"为赋新词强说
愁"。然而在现实生活中，活得过于真实的人结果往往
都是悲剧，李煜之死也与他的这一性格有很大的关系。

如果说李煜只是一个整日沉湎于男女私情，而不
理朝政的昏庸之君，那可是冤枉他了。974年，已忍
了李煜十几年的赵匡胤，终于忍无可忍，命曹彬自荆

南出发，挥兵进攻南唐。宋军势如破竹，占池州，下芜湖，直抵金陵。此时的李煜，并非如其诗词般阴柔，放弃抵抗，而是展示了一国之君所应有的担当，调兵遣将，拼死防守。在双方实力相差巨大的情况下，李煜在金陵守了将近一年，如果不是吴越王钱俶在东面策应宋军，南唐可能还会多存在几年。975 年 11 月，金陵失守，李煜率表投降。976 年正月，李煜被宋军带回汴梁，赵匡胤封李煜为违命侯，好吃好喝地把他软禁起来。

李煜在汴梁生活了两年多的时间，作为皇帝的李煜已尘封历史，被人遗忘，偶尔记起，也是有贬无褒；而作为词人的李煜，开始转型升级，完美实现蝶变，最终成为影响宋代词坛，乃至中国文学史的"千古词帝"。

（四）

从皇帝变成阶下囚，这巨大的反差让李煜承受了常人难以想象的压力，尤其是亡国之责，更让李煜背上了沉重的历史包袱。这一点，在他之后的所有词人，包括苏轼、秦观、李清照等等，他们所经受的劫难都无法与他相比。难能可贵的是，李煜并没有为了苟活而有意掩饰、隐藏自己的真实想法，更没有为了讨好宋朝皇帝而写出有违本心、有辱尊严的马屁文章。

刚到汴梁时，李煜的心在滴血，经常一个人在庭院里踱步，望着月亮发呆。离别故土的思念之情，像杂草一样在心里疯长，在他那首《相见欢》词中，你会深深体会到那"剪不断，理还乱"苦闷无比的纠结心情：

无言独上西楼，月如钩。寂寞梧桐深院锁清秋。

剪不断，理还乱，是离愁。别是一般滋味在心头。

历史上，还有一位皇帝与李煜有类似的遭遇，那就是三国时期的蜀国后主刘禅。据史载，晋文帝司马昭宴请刘禅时，故意安排表演蜀国的节目，旁边的人看了均面露悲伤之色，而刘禅却嬉笑如旧，无动于衷。司马昭问刘禅："你看了节目之后，是不是怀念你的故国？"刘禅回答说："我在这里很快乐，不思念蜀国。"

这就是成语"乐不思蜀"的由来。在我看来，这刘禅要么是装傻，要么是真傻，但十有八九是装傻。为了活命，贵为皇帝的刘禅，可以不要自尊，不要人格，不要大义，就像一头猪被人圈养起来，这样的苟活还有什么意义！写到这里，我的脑海里突然浮现叶挺将军在狱中写的一首诗——《囚歌》：

为人进出的门紧锁着，
为狗爬出的洞敞开着，
一个声音高叫着：
——爬出来吧，给你自由！

我渴望自由，
但我深深地知道——
人的身躯怎能从狗洞子里爬出！

我希望有一天，
地下的烈火，
将我连这活棺材一齐烧掉，
我应该在烈火与热血中得到永生！

李煜当然不愿像刘禅一样，如狗般活着；也不能像叶挺将军一样，做到在烈火中永生。对李煜而言，既然做不到如武士般决斗，也要做到像个人似的呐喊。赵匡胤可以囚住他的躯体，却囚不住他的意识，李煜要用手中的笔，为后人留下一篇篇词中瑰宝。

（五）

李煜深知，自己的呐喊既不能是振聋发聩式的鼓动，也不能是为了改善条件而索取。李煜只是想让赵匡胤知道，您对我好吃好喝地供着，也没有，更不能改变我对亡国的悔恨，对故园的思念。这是一个正常人最正常的想法，然而在那种特定的政治环境里，李煜身份敏感，如果亮出自己真实的想法，随时都会有生命危险。显然，李煜并不是成熟的政客，他的政治智商跟阿斗刘禅完全不在一个档次上。也正因为如此，李煜身上所散发的人性光辉让我们深深领略其人格魅力。

所以，他要把自己的真切情感吐出来，在倾吐过程中，获得心理的平衡，并享受因此带来的一丝快乐。

你看他写的那首《清平乐》，基调非常伤感，如果让这种伤感长期积压在心里，人的精神会在被触动的瞬间垮掉，但李煜却要一吐为快：

别来春半，触目柔肠断。砌下落梅如雪乱，拂了一身还满。

雁来音信无凭，路遥归梦难成。离恨恰如春草，更行更远还生。

976 年 11 月的一天，正在房间里看书的李煜，听到门外有人喊："侯爷，皇上派来的使者到了。"已成违命侯的李煜，赶紧起身出门迎接。李煜觉得很奇怪，我这早已是被人遗忘的角落，今天是怎么了？当他听到使者传达的消息后，心里顿觉五味杂陈，原来跟自己斗了十几年的老对手赵匡胤驾崩了。李煜按捺住自己怦怦乱跳的心，心想：这算什么？是算自己报仇了吗？可是，就算是报了仇，又有什么用，我永远回不了家了。

新皇帝叫赵光义，是赵匡胤的弟弟，即宋太宗。关于赵匡胤之死，迄今还是个疑案。据史载，病着的赵匡胤召晋王赵光义议事（另有记载说是召太祖第四子赵德芳进宫商议后事，被晋王知晓并隐瞒不报），旁边的人都听不到兄弟俩说了些什么。其间，有人远远地看见，烛光下赵光义时而避席，有不可胜任之状，又听见太祖用柱斧戳地，并大声说："好为之。"（另有记载为："好做！好做！"）这就是成语"烛影斧声"的由来。一千多年来，众多历史爱好者就赵光义是否弑兄篡位展开了反复交锋，谁也说服不了谁，就连毛主席生前也对赵光义进行了评点，说"此人不知兵"。不知兵的赵光义，在各方面条件不是十分有利的情况下，能当上皇帝，说明他善于玩政治。

一个善于操弄政治的人主宰了北宋的命运，对李煜这个缺乏政治心术的人来说，一定不是一个好消息。李煜会与时俱进、改变自己吗？

（六）

一年，对于李煜来说是无比漫长。我觉得，可以用"度日如年"来形容李煜在汴梁的生活状态。这一年，李煜正好满四十岁。迈入不惑之年的李煜，其实还有很多迷惑：国与国之间，为什么非要兵戈相向？

人和人之间，为什么不能和平相处？我已是宋王朝砧板上的鱼肉，为何还不让我回家填词、看书？小周后（李煜的皇后，其姐姐死后上位）啊，你只见我眼中含泪，可知我内心苦楚？

从小锦衣玉食的李煜，怎能明白这些不惑皆源于人的欲望，是人的贪婪使人性变得丑恶。

我们还是看一看四十岁的李煜，他笔下的诗词发生了哪些变化吧。先读那首著名的《破阵子》：

四十年来家国，三千里地山河。凤阁龙楼连霄汉，玉树琼枝作烟萝，几曾识干戈？

一旦归为臣虏，沈腰潘鬓消磨。最是仓皇辞庙日，教坊犹奏别离歌，垂泪对宫娥。

据说，当年蒋介石兵败大陆，远走台湾之时，无意中听到孙子背诵这首《破阵子》，当听到"最是仓皇辞庙日，教坊犹奏别离歌，垂泪对宫娥"时，顿时悲从中来，脸色苍白。由此可见，这首词的感染力有多强。

再读那首著名的《相见欢》（又名《乌夜啼》）。抱歉！我只能再用"著名"一词，其实也不能完全怪我，李煜的词可谓首首经典，其流传之广、名气之大，除了苏轼，无人能出其右。

相见欢

林花谢了春红，太匆匆。无奈朝来寒雨晚来风。

胭脂泪，相留醉，几时重？自是人生长恨水长东。

李煜的词，因为感染力强而喜欢者众，他是用心在写作，每个字、每个词、每句话都通俗易懂，看似信手拈来，却能直戳人的心窝。令李煜始料不及的是，自己的词，不仅戳中了读者，也戳痛了皇帝赵光义。赵匡胤能忍李煜十几年，赵光义可没那个耐心，这个连自己的哥哥兼上一任皇帝都敢杀的人，还有什么事干不出来？李煜啊李煜，你可一定要小心啊！

（七）

978 年，汴梁的春天其实与往年没什么区别；然而在李煜眼里，黄河岸边的春天依然寒气逼人，不似长江两岸的春天，树上已经挂满了绿色。这是李煜在汴梁过的第三个春天，百无聊赖的他躺在床上，两眼呆呆地望着天花板，窗外传来的淅沥雨声，勾起了他对往事的无限回忆，不知不觉中，居然进入了梦乡。李煜多么希望能够长眠不醒，继续在梦境里享受过去的时光，可该死的春寒，让他重新回到现实，回到那个充满愁怨的人间。请欣赏李煜的《浪淘沙》，你一定会和他一起暗自神伤：

　　帘外雨潺潺，春意阑珊。罗衾不耐五更寒。梦里不知身是客，一晌贪欢。

　　独自莫凭栏，无限江山。别时容易见时难。流水落花春去也，天上人间。

　　李煜也许不知道，死神已悄悄向他靠近。据史载，宋太宗赵光义曾问南唐旧臣潘慎修："李煜果真是一个昏庸无能之辈吗？"潘慎修回答说："假如他真是无能无识之辈，怎么可能守国十余年？"在我看来，这个潘慎修如果不是主观故意，一定是脑袋进水了。他这一句话，让赵光义起了杀心，成了李煜的催命符。赵光义心想，这个违命侯，整日里以泪洗面，写诗填词，给人感觉像只病猫，真会装啊！听说这小子当年就是用这种方式，把他的哥哥李弘冀糊弄过去的。现在还想如法炮制，哼，跟我玩，你小子还嫩了点！

也怪不得赵光义这么想，李煜之词感情过于纯真，缺少理性节制，任由自己用血与泪，写出了家破国亡的凄凉和悔恨，并通过感悟人生无常的悲哀，获得了一种更广泛意义的共振与共鸣。我想，作为一个普通人的赵光义，一定会成为李煜的"铁粉"；而作为一个政客的赵光义，一定不会让李煜继续这样表达下去，而是要把他化为廞粉。

（八）

每年农历七月初七，是传说中的牛郎和织女鹊桥相会的日子，也是"千古词帝"李煜的生日。978 年七夕之夜，李煜和家人吃完生日饭，便围坐在院子里纳凉，按照惯例，接下来是李煜讲故事的时间，今夜李煜为大家讲述的是诗仙李白游金陵。他说，当年李白经过江城（今武汉）时，看到黄鹤楼上有崔颢写的一首律诗，自觉难以超越，就在墙壁上留下一句"眼前有景道不得，崔颢题诗在上头"后飘然而去。不久，李白来到金陵，看到这个从三国时期就成为吴国首都的历史文化名城，心里突然产生欲与崔颢比高低的念头，他登上凤凰台，眺望秦淮河，诗兴大发，写下著名律诗《登金陵凤凰台》：

> 凤凰台上凤凰游，凤去台空江自流。
> 吴宫花草埋幽径，晋代衣冠成古丘。
> 三山半落青天外，二水中分白鹭洲。
> 总为浮云能蔽日，长安不见使人愁。

当李煜念到最后一句"长安不见使人愁"时，眼泪夺眶而出，先是轻声抽泣，继而号啕大哭。他慢慢起身，回到房间，坐到案前，对故乡的思念，对故国的悔恨，如同那滔滔江水，冲出闸门，狂奔而出。一首用血和泪凝成的震古烁今之词《虞美人》由此诞生：

> 春花秋月何时了？往事知多少。小楼昨夜又东风，故国不堪回首月明中。
> 雕栏玉砌应犹在，只是朱颜改。问君能有几多愁？恰似一江春水向东流。

　　李煜让歌女将《虞美人》配上音乐，并立即进行
吟唱。李煜边听边哭，边哭边唱，后来竟不知是哭自
己，还是哭南唐。在这个七夕之夜，李府内传出的歌
声和哭声引起了周边居民的注意，也惊动了名为邻居
实为眼线的官差，消息迅速传到了赵光义的耳里。你
们不妨猜一猜，赵光义会做出什么样的反应？诚勉谈
话？警告？严重警告？或者干脆饿他几顿，看这小子
还有没有力气折腾？说实话，原本我不想卖这个关子，
只是觉得这赵光义太可恨，我要再写一篇损他一下，
以解我心头之气。

（九）

　　正在后宫与嫔妃调情的赵光义，接到李煜在家又
哭又唱的消息，起先并不在意。李煜这家伙经常装疯
卖傻，由他闹吧，别坏了我现在的兴致。可当他听到
"雕栏玉砌应犹在，只是朱颜改"时，立刻勃然大怒，
一把推开怀里的玉人，恨恨地说："李煜犹存复国之
梦，留他不得。来人，马上赐李煜一杯药酒，朕要让
他那张令人讨厌的朱颜永远消失！"

李煜也许已经想到了，这首《虞美人》会招来杀身之祸。但他没有想到，这一刻来得这么快，《虞美人》成了自己的绝命词。时近子夜，李煜很平静地注视着赵光义派人送来的那杯酒，心里却在默念着旧作《子夜歌》[①]：

> 人生愁恨何能免，销魂独我情何限！故国梦重归，觉来双泪垂。
>
> 高楼谁与上？长记秋晴望。往事已成空，还如一梦中。

李煜决定，要在子夜到来之前，把这杯酒喝下去。他要让自己的生日，成为自己的忌日，让一切都回到原点：结束了，解脱了，我将如那一江春水，在万顷碧波中获得自由。

[①]此词作于李煜沦为阶下囚之后，不是绝笔之词。陆游的《避暑漫抄》记载："李煜归朝后，郁郁不乐，见于词语。在赐第，七夕命故妓作乐，闻于外。又传'小楼昨夜又东风'，并坐之，遂被祸。"宋代王铚的《默记》、明末清初周亮工的《因树屋书影》、明代陈霆的《唐余纪传》等也有类似的说法，所以本书以《虞美人·春花秋月何时了》为李煜的绝笔之词。

渔父（又名渔歌子）①

一棹春风一叶舟，一纶茧缕一轻钩。

花满渚，酒满瓯，万顷波中得自由。

赵光义也没有想到，他欠下的孽债会由他的子孙偿还。1127年4月，金人攻破汴梁，俘虏了宋徽宗、宋钦宗父子，以及赵氏皇族、后宫妃嫔与朝廷重臣等共三千余人。他们全被押解北上，在天寒地冻、受尽折磨中了结一生，史称"靖康之变"。被捕的赵氏成员，绝大多数是赵光义的直系亲属。赵光义更没有想到，当年他费尽心机，从兄长赵匡胤手中抢来的皇位，因其后代宋高宗赵构惊吓过度，丧失生育能力，膝下无子，而再次回到宋太祖赵匡胤一系。1162年，赵构让位于赵昚，是为宋孝宗，赵昚是赵匡胤的七世孙。这正应了那句话：善有善报，恶有恶报，不是不报，时候未到。

如今，当我们吟诵李煜留下的精彩诗词时，依然能够感受到"千古词帝"那颗轻轻跳动之心。

---

①此词作于李煜继承帝位之前。该词与另外一首《渔父·浪花有意千重雪》一起题于南唐画家卫贤的《春江钓叟图》上，画中是一个渔翁驾着一叶小舟，在万顷碧波中一边垂钓，一边喝酒，悠然自得，表现了对隐逸生活的向往与追求，李煜的题词起到了"点睛"的作用。

⚙ 宋词之天厚星小神童晏殊
——无可奈何花落去

题记

人人都说赣临川，开元要数晏小山。

无可奈何花落去，犹记当年惊朝堂。

（一）

可以设想一下，宋代文坛领袖级人物欧阳修，他的朋友圈都有哪些牛人？号称"古今第一奇才"的苏轼；永远只吃摆在自己面前一道菜的王安石；小时候就知道砸缸救人的司马光；因原创一句"先天下之忧而忧，后天下之乐而乐"，而省却后世学子搜肠刮肚之苦的范仲淹；为避嫌而被欧阳修评为第二，却阴错阳差使苏轼失去状元头衔的曾巩；曾写出佳句"红杏枝头春意闹"的宋祁……随便说一个，都会让后世文人膝盖发软，差点儿跪下去。庐陵醉翁真不是盖的，绝对是宋代文坛的大佬。

在这个朋友圈里，还有一个更牛的人。这个人五岁就已出名，被称为"神童"。十四岁时，被当地官员推荐上京城考试，那文章写得让考官啧啧称奇。当朝皇帝听说有这样一个了不起的孩子，龙心大悦，要亲自会会他。见面之后，这孩子说的一番话，在满朝文武中引起极大的轰动。他说："皇上，这次的考试题目，小的凑巧在此之前复习到了，文章写得好不足为奇。小的恳请皇上当面出题，重新考我。"我的乖乖，见过牛的，没见过比这更牛的；见过老实人，没见过比这更老实的人。况且他还是个孩子啊！结果就不用猜了——Pass（过关）！

这个孩子就是晏殊。现代人谈宋词，言必称苏轼、辛弃疾，甚至柳永、李清照、周邦彦、吴文英……实际上，词这一文学体裁，发展到宋代，走向鼎盛，在其中真正承上启下、继往开来的人物，就是晏殊。晏殊之前，词坛以李煜、冯延巳、温庭筠等为代表，辞藻华丽，词风艳丽，格调不高；而晏殊拓宽了词的领域，使词基本摆脱了卿卿我我的风格，对宋代词坛产生了重大影响。晏殊这个人有几个特点：一是成名早，上文已说过了。二是职位高，曾官至宰相，一人之下，万人之上，够高的吧。三是品行好，当年在朝堂上那番言辞，说明这人真是厚道。套用现代语言，晏殊是名副其实的德才兼备的好干部。四是识人才，范仲淹、王安石等都是他的门生，欧阳修、富弼等得到他的提携和推荐，这些可都是人中之龙。正是因为具备了这么多优点，晏殊在当时的文人、仕人中享有崇高的威信。

说了半天，晏殊到底才气如何，有什么名作流传于世？我也不卖关子了，先引用他一首流传广泛的词，词牌是《浣溪沙》：

一曲新词酒一杯，去年天气旧亭台。夕阳西下几时回？

无可奈何花落去，似曾相识燕归来。小园香径独徘徊。

晏殊的"神童"之名绝非浪得虚名，那句"无可奈何花落去，似曾相识燕归来"甚至成了晏殊的代名词。你可能不知道晏殊，但一定知道这句词。然而，晏殊的影响还不仅限于词坛，他对区域文化的勃兴也产生了巨大的影响。

（二）

说晏殊，不得不说说他的籍贯，仔细研究起来，这也是一个有意思的话题。晏殊是江西抚州临川人。在研究历史的过程中，我发现江西这个地方，有两个有趣的现象：一是宋代以降，人才辈出，尤其是宋代，简直就是江西人在唱主角，如晏殊、欧阳修、王安石、曾巩、文天祥等，这些在文坛、政坛都是呼风唤雨的人物。二是江西盛产神童。晏殊就不必再说了。明代时还有个解缙，他是江西吉水人，民间有很多关于解缙的逸闻轶事，可惜后来因介入太子之争，犯了皇家大忌，被皇帝朱棣活活冻死在室外。还有一个出现在当代，1977 年恢复高考制度，1978 年位于安徽合肥的中国科技大学召了一个少年班，其中知名度最高的神童名叫宁铂，入少年班时年仅十三岁，这宁铂就是江西赣州人，听说已遁入空门，出家当和尚了，可叹！

我曾经有个疑惑：为什么宋代之前江西鲜有文化

名人出现，之后则层出不穷？后来翻阅了一些史料，慢慢地理出一点头绪。归纳起来，就是一句话：南唐打基础，晏殊带个头。什么意思？且听我细细道来。

907年，让中华民族无比自豪的唐王朝灭亡后，我国进入一个大分裂时代。当时中原地区相继出现了五个朝代，即后梁、后唐、后晋、后汉、后周，史称"五代"。除此之外，还有十个封建割据政权（名称太杂，不记也罢）像走马灯似的，你方唱罢我登场。合称"五代十国"。在这十国里，有个南唐国，它是五代十国时期经济文化繁荣、科技进步、对外开放程度最高的国家，也是被赵匡胤灭掉的最后一个国家。南唐最后一任君主叫李煜，就是那个写出"问君能有几多愁，恰似一江春水向东流"的词人。现在的江西全境当时属于南唐，得益于文人型君主的推动，江西的教育文化事业得到飞速发展。进入北宋，赵匡胤推行重文抑武的政策，已在前朝打下坚实基础的江西，终于等来了厚积薄发的机会。这个时候，晏殊横空出世。因为他的模范带头作用，让无数江西学子看到登榜入阁的希望。榜样的力量是无穷的，江西文化由此进入一个全盛时代。可以说，晏殊之于江西，犹如韩愈之于潮州、曾国藩之于湖南，是区域风气改变的引领者。

晏殊之后，他的家乡抚州临川，先后涌现了被列入"唐宋八大家"的曾巩、王安石两位大咖，被评为宋代心学大师的陆九渊，号称"东方莎士比亚"的元代戏剧家汤显祖，另外还有晏殊之子、著名词人晏幾道，等等，不胜枚举。抚州也由此获得了"才子之乡"的美誉，并进入历史视野，成为后世文人心中的圣地。放眼全国，也只有安徽省桐城市能与之比肩、比美。

（三）

晏殊之厚，在于厚道、厚实、厚德。一个偶然的机会，我读到一段跟晏殊有关的史料，证明其绝对担得起这"三厚"之名。

晏殊二十三岁那年，也就是1013年，福建福清一户蔡姓人家诞生了一个男孩。晏殊肯定没想到，这个叫蔡伯俙的男孩，不仅破了他的年龄最小的神童纪录，而且还和这位神童一起成了太子赵祯（即后来的宋仁宗）的伴读。三年后，亦即1016年，蔡伯俙被父亲背着，来到京城参加童子科考试。这孩子人小鬼大，在廷试环节，当着皇帝赵恒的面儿，背了一首御制诗，把皇帝乐得当晚多吃了一碗饭，还当廷赐诗一首，诗写得不怎么样，我只引一句："七闽山水多灵秀，三岁奇童出盛时。"这还不算，皇帝又赐蔡伯俙进士出身（可能是我国历史上年龄最小的进士），并让他陪太子赵祯读书。

此后的日子里，小蔡神童用一套"组合拳"，连续打破了多项全国纪录。除了是全国年龄最小的进士外，小蔡还是年龄最小的拍马屁者。如皇宫门槛比较高，太子赵祯每次经过十分吃力，小蔡便趴在地上，让赵祯踩身而过。有一年，皇帝问他："这么小离家，想父母吗？"这一问是有陷阱的，无论答"是"或"否"，都有可能犯路线错误。小蔡的回答不得不让人佩服他聪明机灵，他说："皇上就如同我的父母！"小蔡还是年龄最小的"枪手"，皇帝布置作业，赵祯贪玩，就让小蔡代劳，小蔡欣然从命。

同是陪太子读书，年长的神童晏殊则让赵祯感到古板而不好玩。这个老晏，看到我迈不过门槛，也不来扶一把；叫你帮忙写作业，居然当面拒绝我。哼，等我当了皇帝，看我怎么收拾你。小蔡见状，暗自偷笑：这晏殊，好笨！不知道"神童"之名是怎么得来的？唉，看在共同陪太子读书的份儿上，今后我会关照你的。

可是，眼看着赵祯成了皇帝，眼看着自己变成了小伙子，蔡伯俙发现，晏殊的官是越做越大，而自己却还在"打酱油"。还得佩服这蔡神童，脸皮真厚，仗着跟皇帝赵祯是发小，直接问皇帝为什么。皇帝看了一眼陪他一起长大的小伙伴，说：治理国家需要的是德才兼备、以德为先的干部。得夸夸这位皇帝，是个明白人，孰轻孰重、孰是孰非分得门儿清。据史载，宋仁宗比较念旧，还是给了蔡伯俙一个司农卿（相当于农业部部长）的闲职。

皇上的器重，让晏殊很开心。清明时节，晏殊和一班好友去野外踏青。回家后，轻松写下《破阵子》：

> 燕子来时新社，梨花落后清明。池上碧苔三四点，叶底黄鹂一两声。日长飞絮轻。
> 巧笑东邻女伴，采桑径里逢迎。疑怪昨宵春梦好，元是今朝斗草赢。笑从双脸生。

刚搁下笔，忽然管家来报："老爷，大喜！夫人生了，又是一个男孩！"

（四）

晏殊的第七个儿子出生的那一年，他已经四十八岁。老来得子，让晏殊浑身透着清爽。夫人问给这孩子取个啥名字，晏殊沉思片刻说："就叫晏幾道吧。"

作为晏殊最小的儿子，晏幾道一出生，就得到了家人的宠爱。这小子从小聪明过人，七岁能文，十四岁参加科举考试便高中进士。简直就是一个神童！我不得不惊叹晏殊的造化，他的儿子能够踏着与他同样的成长轨迹，一出手便轰动朝野，这与他十四岁那年惊艳登场，是何其相似！晏殊自己也纳闷，人死了才会转世，难道是自己的灵魂提前转世了？也许是感应，也许是凑巧，也许就是宿命，晏幾道考中进士后的第四年，晏殊便走完了六十五年的辉煌人生，带着微笑撒手西去。

人走茶凉，自古如此。父亲晏殊的离去，于十八岁的晏幾道，甚至于晏家，是个重大的转折点。晏家从此家道中落，从小锦衣玉食的晏幾道也因此踏上了独自谋生之路。有一年，晏幾道来到沈姓好友家，让四位歌女演唱各自所填的新词，其间，与其中一位叫小苹的歌女产生了恋情。后来好友去世，四位歌女也不知所踪。晏幾道十分惆怅、落寞，满脑子全是小苹的倩影，在无限伤感中写下无限伤感的《临江仙》：

> 梦后楼台高锁，酒醒帘幕低垂。去年春
> 恨却来时。落花人独立，微雨燕双飞。
> 记得小苹初见，两重心字罗衣。琵琶弦
> 上说相思。当时明月在，曾照彩云归。

"落花人独立，微雨燕双飞。"天空在下着细雨，枝上的红花随风轻轻地飘落，我独自站在雨中，任落花胡乱地撒在身上，望着一对燕子穿过重重雨幕，自由自在地飞去。置身于这种场景之中，是伤，是怜，是羡，还是怨？按照晏幾道自己的说法，这首词是为思念歌女小苹而作的。但我总认为，小苹只是一个托儿，在晏幾道的潜意识里，是要表达对父亲晏殊深深的怀念。"当时明月在，曾照彩云归。"父亲早已驾一缕祥云而去，可当年陪伴父子俩读书、散步的那轮明月，仍在天空静静地注视着自己。

晏幾道和晏殊有太多的相似之处，我相信他们父子之间一定存在心灵感应。不信，请大家读读晏殊的《蝶恋花》：

槛菊愁烟兰泣露，罗幕轻寒，燕子双飞去。明月不谙离恨苦，斜光到晓穿朱户。

昨夜西风凋碧树，独上高楼，望尽天涯路。欲寄彩笺兼尺素，山长水阔知何处。

在这首词里，有"燕子"且"双飞"，有"明月"却"不谙离恨苦"，同样的元素构成的画面中，父子俩词中的人都只有一个，只是一个在"独上"，一个在"独立"。在这一动一静之中，即便是阴阳两隔，父子俩依然在进行着心灵对话。

（五）

晏氏父子之间的相似是全方位的。两人都是少年成名，词风都以婉约为主，性格不温不火。唯一不同的是，晏殊一辈子荣华富贵，门生故吏大多声名显赫；而晏幾道的一生，大部分在坎坷中度过，甚至因朋友郑侠上书反对王安石变法，受株连被送进了监狱。我有时想，这王安石既是晏殊的门生，又是老乡，跟晏幾道还是同僚，这关系够铁的吧；但仅仅因为老师之子对自己的政策提出不同意见，就把他投入大牢，是不是太过分了？

晏氏父子之间还有一个有趣的现象，也是我一直没琢磨透的问题。晏殊字同叔，晏幾道字叔原，父子俩的字都有一个"叔"字，我始终不认为这是巧合，应该有什么关联。有一天，我将他们俩的字，组合成文字游戏，似乎摸出一点门道。难道他们俩早已心有灵犀，视为一体？因为无论是"叔同原"，或者"叔原同"，其意相似，因意似而人似。我不知道这样推断是否牵强，但的确为他们父子之间的惊人相似找到了一个有力的例证。我沿着这一思路走下去，又发现一个更有意思的现象。民国时期的著名才子，后出家当了和尚，法号弘一的那位，俗名李叔同。弘一法师有很多个名字，却偏爱"叔同"，我没有深入研究过，但应该跟晏氏父子有一定关系，要么是他们俩的粉丝，要么想成为像他们俩一样的偶像。

但有一点，同叔也好，叔同也罢，都无法跟叔原比。这一点就是叔原的孤傲自负，孤傲得连苏轼也不放在眼里。据史载，有一天，苏轼和黄庭坚想拜访晏幾道，不料吃了个闭门羹，晏幾道说：如今在朝廷当大官的，有一半是从我家出去的，我都没空见他们，你俩请回吧。苏、黄二人灰头土脸地走了。

也许正是这点孤傲，导致晏幾道异于其父晏殊，到头来穷困潦倒，郁郁而终。晏幾道活了七十三岁，后人因其词风与父亲晏殊相近，称二人为"二晏"。我国历史上，也只有三国时的"三曹"（曹操父子）和与晏氏同朝的"三苏"（苏洵父子），能与之相媲。

斯人已逝，人生苦短，不如再读一首晏殊的《浣溪沙》，珍惜当下吧：

一向年光有限身，等闲离别易销魂。酒筵歌席莫辞频。

满目山河空念远，落花风雨更伤春。不如怜取眼前人。

宋词之天智星文章太守欧阳修
—— 此恨不关风与月

题记

颍州西湖频呼朋，洛阳城里唱古风。

千杯万字寻常事，唯我庐陵一醉翁。

（一）

　　1982年暑假，安徽省教育部门举办了一次地学夏令营活动。我有幸作为安庆市的五名中学生代表之一，来到了滁州地区的琅琊山。第一次远离家门的我，对琅琊山的一切充满好奇，尤其是山上一座比较破旧的亭子，因亭名很特别引起了我的兴趣，并牢牢记住了，它就是"醉翁亭"。那个时候，我还没读过《醉翁亭记》，更不知道它是"唐宋八大家"之一、宋代文坛领袖欧阳修的代表作。只是隐隐约约感到，这里面一定有典故。

我想，很多人认识、了解欧阳修也应该是从《醉翁亭记》开始的。那句"醉翁之意不在酒，在乎山水之间也"，其知名度与"床前明月光"差不多。大家都知道欧阳修文章写得好，如果从"唐宋八大家"中评出"千古文章四大家"，欧阳修将与唐代的韩愈、柳宗元，以及与其同时代的苏轼，一同上榜。在一般人的眼中，填词好像不是欧阳修的专长，在灿若繁星的宋代词人中，欧阳修的地位显然不如他的文章高。实际上，能成为文坛领袖，仅有一招半式是难以服众的。欧阳修不仅会填词，而且写得相当好。不信吗？其实，一开始我也不信，一个号称"醉翁"的老夫子，能写出好词吗？答案是肯定的。记得辛弃疾大侠写的那首关于元宵节的《青玉案》吗？其中的"众里寻他千百度，蓦然回首，那人却在灯火阑珊处"可是千古名言啊！不过且慢，如果以引用率来衡量一首诗词的优劣的话，另外一首关于元宵节的宋词绝对也是上乘之作，这首词的词名是《生查子·元夕》，作者：欧阳修。

去年元夜时，花市灯如昼。

月上柳梢头，人约黄昏后。

今年元夜时，月与灯依旧。

不见去年人，泪满春衫袖。

熟悉吧，简直太熟了，熟得"好像那苹果到秋天"。简单易写的几个字，通俗易懂的几句话，经欧阳修不经意的一组合，仿佛神来之笔，让人展开无限的想象，可以演绎出多种不同的版本，或浪漫，或凄美，或忧伤的爱情故事。我首次读到这首词时，第一感觉是它应该出自元代戏曲名著《西厢记》，词作者想当然为王实甫。

这就是欧阳修，一个善于化繁为简的文章大家，一个德高望重的文坛领袖。

（二）

惜墨如金、化繁为简绝对是欧阳修的拿手绝活儿。据说，在写《醉翁亭记》时，欧阳修在文章开头先介绍了滁州周围的地形地貌，最后成稿时，觉得太啰唆，干脆用一句"环滁皆山也"，仅仅五个字，就把地点、地形交代得一目了然。想想也是，滁州周边都是些不知名也没什么特点的小山，完全没有必要在这上面浪费笔墨。实际上，现在很多人记得住的《醉翁亭记》中的句子，除了"醉翁之意不在酒"，就是"环滁皆山也"。

又如在主持《新唐书》修撰期间，欧阳修和宋祁成了同事，就是那个写出"红杏枝头春意闹"的宋祁。宋祁能写出那么美、那么有意境的词，在史书编写上却喜欢用偏僻字，欧阳修对此颇有微词。但从年龄、资历上说，宋祁是欧阳修的前辈，欧阳修不便说他，只好委婉地劝导。有一天早上，欧阳修在门上写下八个字："宵寐非祯，札闼洪休。"宋祁来了，端详了半天，终于悟出了是什么意思，笑说："这不就是俗话'夜梦不详，题门大吉'嘛，至于写成这样吗？"欧阳修笑道："我是在模仿您修《唐书》的笔法呢。您写的列传，把'迅雷不及掩耳'这句大白话都写成'震霆无暇掩聪'了。"宋祁听了，不禁莞尔，心想这个后生仔的确聪明，既顾全了老夫的面子，又起到规劝的效果。两个大知识分子，用这种文斗的方式，妥善化解了二人的分歧，现在看来，倒也十分有趣。

然而，这么牛的一位大家，运气却实在很差！原因在于他的两个学生，分别是小欧阳修十四岁的王安石和小王安石十六岁的苏轼。碰上这两个人气超高的

"明星"学生，欧阳修这个老师的风头被抢去了不少，甚至影响到后人对欧阳修的了解。例如，欧阳修是哪里人？很多人会肯定地回答说他是江西吉安人，吉安过去属庐陵郡，所以人称"庐陵欧阳修"。不错，答得非常好。如果再问：欧阳修的出生地是江西吗？——废话！不是江西，难道他是从石头缝里蹦出来的？

可是，欧阳修真的不是在江西出生的，他出生的地方与江西吉安的距离超过一千五百公里。

（三）

如果按出生地划分，欧阳修的老乡是四川人苏轼，而不是江西人王安石。1007 年，欧阳修在四川绵阳出生。写到这里，我又得感慨一下：怎么唐宋时期著名的文化人都能与四川这个"天府之国"扯上关系？苏轼就不用说了，他生于四川，长于四川。李白五岁时随父母到四川定居，直到成人后才"朝辞白帝彩云间"。俗话说："少不入川，老不入关。"我看这话有漏洞，你看看人家李白，少时入川，仍成诗仙。唯一不同的是，苏轼和李白都是为了功名，奔着梦想出川的。而欧阳修长到四岁时，因父病故，家里断了生计来源，由母亲领着，被迫离川投奔在湖北随州谋生的叔叔。可以说，奔波、贫困、寄人篱下是欧阳修刻骨铭心的童年记忆。

也许正是这段成长经历，使欧阳修对离别极为敏感。无论是朋友之间的话别，恋人之间的拥别，还是同事之间的送别，甚至离开一个喜欢的城市或一个景点，他都会用饱蘸深情和忧伤的笔墨，拨动内心最柔软的一角，抒发自己不忍、不舍、不愿的离别心情。比如，他写的那首《玉楼春》：

尊前拟把归期说，未语春容先惨咽。人生自是有情痴，此恨不关风与月。

离歌且莫翻新阕，一曲能教肠寸结。直须看尽洛城花，始共春风容易别。

欧阳修考上进士后，被朝廷任命为西京（今河南洛阳）留守推官，这是个什么官职？我也不知道，查了一下资料，原来此官为从六品，掌勘问刑狱。这首《玉楼春》是欧阳修离开洛阳时写的一首词，也是他的代表作之一。

"人生自是有情痴，此恨不关风与月。"楼上的清风，你"吹皱一池春水"；天中的明月，你成了酒樽里的过客。可是，我的离别之情跟你又有什么关系呢？欧阳修不忍离开洛阳，的确无关风月，却跟一个人有很大的关系，是他让欧阳修认识到自身存在的价值，是他培养了欧阳修新的生活方式，也是他让欧阳修可以痛快地喝酒，尽情地玩乐。

（四）

在欧阳修的一生中，对两个地方感情最深：一个是河南洛阳，另一个是安徽颍州（今安徽阜阳）。前者是他仕途的起点，后者是他养老的地方。

1031 年 3 月，欧阳修抵达洛阳。当时在洛阳的，还有梅尧臣、尹洙等文化大咖。先说尹洙，在现代人眼里是个无名之辈，在那时却是大名鼎鼎，名气大得连范仲淹替人写文章也要先请他过目。而梅尧臣，我要好好介绍一下，因为写了那么多宋词牛人，终于碰到一个安徽老乡，尽管不是本文的主角，但感情上还是想多着点笔墨。梅尧臣生于 1002 年，比欧阳修大五岁，是安徽宣城人，北宋著名的现实主义诗人。主张写实，所作力求平淡、含蓄，被誉为宋诗的"开山祖师"。虽然只大几岁，欧阳修还是要尊称其为"梅老"，足见其江湖地位蛮高。梅尧臣不仅文章写得好，官品也口碑载道。现在安徽东至县的梅城，就是为纪念曾任东至县令的梅尧臣而兴建。下面，推荐梅尧臣的一首《汝坟贫女》：

> 汝坟贫家女，行哭音凄怆。
> 自言有老父，孤独无丁壮。
> 郡吏来何暴，官家不敢抗。
> 督遣勿稽留，龙种去携杖。
> 勤勤嘱四邻，幸愿相依傍。
> 适闻闾里归，问讯疑犹强。
> 果然寒雨中，僵死壤河上。
> 弱质无以托，横尸无以葬。
> 生女不如男，虽存何所当。
> 拊膺呼苍天，生死将奈向。

非常写实的一首诗，与唐代诗圣杜甫的风格颇为相似。青年才俊欧阳修有幸结识梅、尹两位牛人前辈，经常一起谈诗论文，有点像当年的"桃园三结义"，共同的兴趣和理念让他们成为至交。在他们三个人的推动之下，一场影响深远的诗文革新运动大幕就此拉开。在这场运动中，梅尧臣与欧阳修、苏舜钦齐名，并称"梅欧"或"苏梅"。欧阳修因为成就较大，逐渐成为整个诗文革新运动的领袖，并因此奠定了他在宋代文坛的领袖地位。

这段难忘的经历，对欧阳修的一生产生了重大影响，以至于在后来的生活中，时常浮现在欧阳修的脑海。刻骨铭心的聚之乐、散之苦，在他的《浪淘沙》[①]中表达得淋漓尽致：

> 把酒祝东风，且共从容。垂杨紫陌洛城东。总是当时携手处，游遍芳丛。
>
> 聚散苦匆匆，此恨无穷。今年花胜去年红。可惜明年花更好，知与谁同？

但是，仅凭他们三个大秀才的一腔热血，是很难在大宋掀起这么大文学巨浪的。这其中，有一个人的

---

①此词作于明道元年（1032）春，当时欧阳修为西京留守推官。

作用至关重要，这个人属贵族血统，官做得很大，官品却不怎么样，口碑让人无法恭维，但他有一个突出的特点，就是爱才、惜才、怜才，爱得甚至到了放纵的地步。正是在这个人的支持下，洛阳几个文学青年掀起的古文革新运动将大宋王朝的文化推向鼎盛，为后世乃至中华文化注入了新的能量。

（五）

我们先看一段历史。从 907 年朱温灭唐，到 960 年赵匡胤建宋，这五十多年的时间里，中国处在一个大分裂时代，史称"五代十国"。在现在的浙江一带，当时有一个吴越国。948 年，钱弘俶（即钱俶）继承吴越国王位。为了保住祖先留下的繁荣和一方安宁，钱国王对中原诸王极尽朝贡之能事。赵匡胤建立北宋后，钱国王非常识时务，不但拒绝了南唐国联合抗宋的请求，反而倾国所有帮助赵匡胤平定江南。赵匡胤也不是一个忘恩负义之人，因钱弘俶出兵策应有功，不仅授其"天下兵马大元帅"之职，还让他继续做吴越国王。钱弘俶深得民心，现在杭州西湖的保俶塔就是当时吴越老百姓为保佑他北上京城汴梁能够平安归来而兴建的。而雷峰塔，传说是钱弘俶为庆祝宠妃黄氏得子而建造的。

在《百家姓》中，第一句是"赵钱孙李"，"赵"乃皇姓，"钱"姓排在"赵"之后，位居第二，可见钱氏身份之显赫，地位之尊贵。欧阳修等人能在洛阳如鱼得水，把大宋文坛搞得风生水起，就是得到了当时洛阳的最高长官钱弘俶之子、西京留守钱惟演的鼎力支持。我想，这钱姓后人人才辈出，像钱学森、钱伟长、钱三强、钱锺书等等，个个都是牛得不能再牛的人杰，应该跟他们的祖先重视人才培养有关。

我们看看钱惟演是如何培养欧阳修这样的青年才俊的。首先，我要改一个词，因为我觉得用"培养"一词不够准确，而是应该用"供"字，也就是钱惟演把欧阳修一班人"供"起来养：不但很少让他们承担琐碎的行政事务，还公然支持他们吃喝玩乐。其次，我以一件事来说明。有一次，欧阳修他们到嵩山游玩，傍晚下起了雪。正当他们准备返回之际，钱惟演派的使者赶到了。使者说："钱大人让在下告诉你们，府里没什么事，你们不用急着回来，好好地在嵩山赏雪吧。"欧阳修等人高兴得手舞足蹈，哇哇直叫。使者又说："钱大人还让在下带来了手艺高超的厨子和嗓音甜美的歌妓给你们助兴。"欧阳修等人惊得目瞪口呆，感动得眼泪哗哗直流。写到这里，我使劲咽了一下口水，咳咳咳，失态了。

士为知己者死，欧阳修这些青年才俊们，一因感恩，二因无科举应试之忧，终于可以毫无压力地开始高质量地创作了。他们凭借自己丰富的学识，以效法先秦两汉的古人为切入点，力图打破当时陈腐的文风，推行古文革新。这好像有点西方文艺复兴的味道啊！钱惟演"供养"这几个小文人，真可谓是功在千秋。从这个意义上说，钱惟演助古文革新者成就了伟业，古文革新者亦使钱惟演成功名垂千古。

然而，"欢娱嫌夜短，寂寞恨更长"。随着钱惟演的离开，欧阳修在洛阳"纸醉金迷"般的生活，也将画上长长的休止符。

（六）

客观地说，钱惟演绝对不是不学无术、好大喜功的官宦子弟，而是很有才气的。我曾读过一本《宋词三百首》，其中第一首选的是宋徽宗赵佶的《宴山亭·北行见杏花》，第二首就是钱惟演的《木兰花》。《木兰花》是一首非常有名的词，是钱惟演晚年所作，词极凄婉，尤其是最后两句，明代著名文学家李攀龙评价为"传神"之笔。我们看看是如何"传神"的：

> 城上风光莺语乱，城下烟波春拍岸。绿杨芳草几时休？泪眼愁肠先已断。
> 情怀渐觉成衰晚，鸾镜朱颜惊暗换。昔年多病厌芳尊，今日芳尊惟恐浅。

钱惟演的词写得确实好，识才的能力也绝对没得说，但站队的本领实在无话说。因在政治上押错了对象，他只能落寞地离开洛阳，返京述职。下面的情节没什么特别之处，欧阳修等人满含热泪前去送别，此情此景，我突然想起元曲大家汤显祖的《牡丹亭》中一段经典台词："原来姹紫嫣红开遍，似这般都付与断井颓垣。良辰美景奈何天，赏心乐事谁家院？"欧阳修当然也在想，跟我想的不一样的是，我想的是别人的话，他想的是自己的诗。唉，这就是区别，不过，输给欧阳修，老子认了！当钱惟演的身影消失在天际

线的时候，欧阳修的诗也想好了，诗题是《留守相公
移镇汉东》：

> 周郊彻楚坰，旧相拥新旌。
> 路识青山在，人今白首行。
> 问农穿稻野，侯节见梅英。
> 腰组人稀识，偏应邸吏惊。

回家之后，欧阳修百感交集，回想起在洛阳生活
的件件往事，对自己的未来顿生迷惘之感，于是，提
笔写下广为传诵的佳词，词牌是《蝶恋花》：

> 庭院深深深几许，杨柳堆烟，帘幕无重
> 数。玉勒雕鞍游冶处，楼高不见章台路。
> 雨横风狂三月暮，门掩黄昏，无计留春
> 住。泪眼问花花不语，乱红飞过秋千去。

前面我说过，欧阳修善写离别词。他以女性的口
吻，以伤春为背景，表达了深深的期盼和惜别之情。
与其说欧阳修无计留住春天，不如说是无计留住钱大
人啊！据载，李清照对这首《蝶恋花》"酷爱之"。我

推测，李清照不仅酷爱此词，还激发了她的好"赌"之性：欧阳修前辈填词敢用三个叠字"深"，我一定要超越他！后来，在她的《声声慢》中，居然用了七个叠词："寻寻觅觅，冷冷清清，凄凄惨惨戚戚。"她不仅打破了欧阳修保持了近百年的纪录，而且至今无人能破她以此创造的新纪录。

　　钱惟演离开洛阳没多久，欧阳修也被召回到京城汴梁。在京城，他继续保持在洛阳时的习惯，与范仲淹、富弼等人经常组织小规模沙龙，支持并参与他们推行的"庆历新政"。欧阳修显然更会玩文学，玩政治则稚嫩得多。结果他们全都铩羽而归，范仲淹被贬邓州（今属河南），后来受人所托写了一篇《岳阳楼记》；欧阳修则去了滁州，在此期间写下一篇《醉翁亭记》。欧阳修主政滁州时，虽然每天以酒为伴，治下却井井有条。不久后，又被调任扬州。几年后回到京城，碰巧接替他的是一位好友，在为好友饯行的酒会上，欧阳修赠送了一首词，我们看看这首《朝中措·平山堂》是怎么写的：

　　　平山栏槛倚晴空，山色有无中。手种堂
　　前垂柳，别来几度春风？

文章太守，挥毫万字，一饮千钟。行乐
直须年少，尊前看取衰翁。

写上万字，要饮上千杯酒，还劝人家趁年少及时
行乐，这样的官员如果活在当下，不死也会脱几层皮。
醉翁之名，真不是吹的！

（七）

我不知道北宋对官员的考核标准是什么，只是纳
闷：为何一个以"座上客常满，樽中酒不空"为座右
铭的高级官员，不仅没有为此受到惩罚，反而能经常
得到皇帝重用？欧阳修做过参知政事和太子少师，即
便被贬，也没有如苏轼般流放到很远很偏的地方。有
一年，欧阳修遭人诬陷，被贬同州（今陕西渭南），准
备动身的时候，皇帝赵祯又听取了吴充的建议，说：
"别去同州了，留下来修《唐书》吧。"

然而，京官毕竟不如地方官自由。离开洛阳后，
真正让欧阳修感到逍遥自在的，是在颍州生活和工作
期间。在颍州，他照样寄情于诗酒，自认为过得比在

洛阳丝毫不差。尤其是颍州西湖，简直就是他的精神寄托之所，还留下了大量关于颍州西湖的诗词，仅《采桑子》就有十首。下面我选了两首欧阳修于颍州西湖不同季节填写的《采桑子》：

其一

群芳过后西湖好，狼籍残红，飞絮濛濛，垂柳阑干尽日风。

笙歌散尽游人去，始觉春空，垂下帘栊，双燕归来细雨中。

其二

荷花开后西湖好，载酒来时，不用旌旗，前后红幢绿盖随。

画船撑入花深处，香泛金卮，烟雨微微，一片笙歌醉里归。

这两首词的核心意思就是：朋友们，趁着这美好季节，我们去西湖泛舟吧，那里有鲜花，那里有美女，那里有笙歌，那里还有美酒，我们一定要不醉不归。天啊，这是朝廷高级官员干的事吗？然而欧阳修偏偏就干了，而且不是偷偷摸摸地干，即便朝廷派巡视组巡查，也照样干。不，我说错了，不是照样干，而是变着花样干。我没有编造，是欧阳修那首《浣溪沙》词坦白的：

堤上游人逐画船，拍堤春水四垂天。绿杨楼外出秋千。

白发戴花君莫笑，六么催拍盏频传。人生何处似樽前。

请大家注意词的下阕：一个满头白发的老者，戴着满头鲜花，在歌女的弹唱声中，频举酒盏，喝，喝，喝！干，干，干！还说大家不要笑我，幸福的人生难道不是这样吗？哈哈，此情此景，没有人会憋住不笑。我想，能成为领袖的人，其共同点应该是老成持重、不苟言笑、德行深厚，举手投足之间闪耀着智慧的光芒。而欧阳修却能于放浪形骸中展示超强的人格魅力，成为大家公认的文坛领袖，他的形象其实就是一个手举酒杯、头戴鲜花、口吐妙语的白发醉翁。

欧阳修这一乐观的处世态度，并不会因为工作地点的变化而改变。在离开滁州时，他担心送别的吏民伤心过度，写诗安慰他们说："我亦且如常日醉，莫教弦管作离声。"仍是不改诗人酒徒的乐天本性。

颍州因为有了欧阳修而成为全国最幸运的城市之一，只是阜阳人不如杭州人，糟蹋了欧阳修的颍州西湖，就连我这个安徽人，如果不是喜读宋词，也不知颍州西湖有欧阳修的诗词，还有后来苏轼在此构筑的长堤。

（八）

给人感觉不务正业的欧阳修，文名越来越响，官职也是越做越大。1058 年，欧阳修以翰林学士身份加龙图阁学士，权知开封府。1060 年，拜枢密副使。1061 年，任参知政事。后又相继任刑部尚书、兵部尚书等职。但在我眼里，欧阳修这些显赫的职务，都不如他当主考官时产生的影响大。

1057 年 2 月，五十一岁的欧阳修被任命为知贡举（即主考官），以翰林学士身份主持进士考试。在这次考试中，欧阳修做了两件大快人心的大事：一是化解了一场群体性闹事风波，二是录取了一批后来的文化巨人。

先说第一件。当时有个文学派别"太学体"，领头人刘幾是一名太学生，这人写文章特别喜欢搬弄古书里的生僻字词。欧阳修对此向来深恶痛绝。改卷时，欧阳修看到一份试卷，开头写道："天地轧，万物茁，圣人发。"意思无非是说，天地交合，万物产生，然后圣人就出来了。欧阳修觉得十分别扭，便就着他的韵脚，风趣而又犀利地续道："秀才剌，试官刷！"意思是这人学问不行，我是不会录取你的。放榜的时候，那些自视甚高的"太学体"考生，不出意外地全部落榜了。这下可捅了马蜂窝，许多考生开始聚众闹事，有的甚至扬言要痛打主考官欧阳修。若不是皇上相信欧阳修的眼光，坚定地站在他这一边，真有可能被打得斯文扫地。

第二件事流传广泛，我不说大家可能已经知道了。也就是欧阳修在改卷时，看到一篇文章语言流畅，说理透彻，估计是自己的学生曾巩的，为了避嫌，就把这份卷子的成绩定为第二名。结果试卷拆封后，才发现这份卷子的考生是苏轼。与苏轼一同被欧阳修录取的，还有他的弟弟苏辙，以及后来成为北宋文坛上重要人物的一批人。我不得不佩服欧阳修卓越的识人之能，他为大宋王朝的文化繁荣，以及我国整个文学史做出了突出贡献。

常言道，人无千日好，花无百日红。随着王安石走上政坛前台，其所"导演"的一场变法运动让北宋陷入了无休止的朋党之争，且耗尽了北宋的元气。已过了花甲之年的欧阳修，无法置身事外，因反对王安石的青苗法，受到打压排挤。心灰意冷的欧阳修，外放蔡州（今河南汝南县），自称"六一居士"。千万不要以为此"六一"是儿童节，欧阳修解释说："吾家藏书一万卷，集录三代以来金石遗文一千卷，有琴一张，有棋一局，而常置酒一壶，以吾一翁，老于此五物之间，岂不为六一乎？"

话是这么说，欧阳修免不了还是要牢骚几句，且看他那首《定风波》是如何表达万事皆空的心情的：

把酒花前欲问公，对花何事诉金钟。为问去年春甚处。虚度，莺声撩乱一场空。

今岁春来须爱惜，难得，须知花面不长红。待得酒醒君不见。千片，不随流水即随风。

（九）

1059 年秋天的一个夜晚，正在秉烛夜读的欧阳修忽然听到从西南方向传来奇怪的声音，便问书童是什么声音。书童说："四无人声，声在树间。"欧阳修这才明白，原来是秋声啊！回想自己这辈子的所作所为，欧阳修感慨不已，他说："嗟乎！草木无情，有时飘零。人为动物，惟物之灵；百忧感其心，万事劳其形；有动于中，必摇其精。而况思其力之所不及，忧其智之所不能；宜其渥然丹者为槁木，黟然黑者为星星。奈何以非金石之质，欲与草木而争荣？念谁为之戕贼，亦何恨乎秋声！"

1071 年，已经六十五岁的欧阳修向皇帝赵顼（宋神宗）申请辞职，获得批准后，便来到魂牵梦绕的颍州安享晚年。

现代著名作家郁达夫在《故都的秋》里写道："中国的文人学士，尤其是诗人，都带着很浓厚的颓废色彩，所以中国的诗文里，颂赞秋的文字特别的多……各著名的大诗人的长篇田园诗或四季诗里，也总以关于秋的部分，写得最出色而最有味。足见有感觉的动物，有情趣的人类，对于秋，总是一样的能特别引起深沉、幽远、严厉、萧索的感触来。"我以为，用郁达夫的这段话来评价欧阳修的《秋声赋》是极其恰当的。"奈何以非金石之质，欲与草木而争荣？"是你无穷无尽的忧劳伤害了自己，又何必去怨恨秋声的悲凉呢？

2004 年秋天，我到市里开会，临近中午时，去拜访了曾任我的领导的市委常委、宣传部部长王京生同志。中午时分，我邀请王部长和廖秘书（我的学弟）一起，到附近的一家徽菜馆吃饭。刚一落座，部长对我说："这家饭馆叫'醉翁亭'，你背背《醉翁亭记》吧。"我毫无思想准备，只得凭着一点功底，硬着头皮开始背："环滁皆山也，其西南诸峰，林壑尤美。望之蔚然而深秀者，琅琊也。"下面的内容，全然记不起。看到我尴尬的样子，王部长微微一笑，便接着背了下去。不一会儿，非常流利地全部背完，这让我惊诧不已。也许是受了刺激，从那时起，我又再次收起浮躁之心，将阅读作为每天的必修课。

欧阳修也许没有想到，自己的故事会被代代说起，自己的文章会被代代记起。也许更没有想到，这些故事和文章就像陈年老酒，愈久弥香。

据说，北宋书法家黄庭坚十分喜爱欧阳修的《醉翁亭记》，为了便于记忆，他把这篇文章的精华浓缩

成一首词，读起来也是颇有趣味的。我们来看看这首
《瑞鹤仙》，深深体味其得之心、寓之酒的醉翁之乐：

> 环滁皆山也。望蔚然深秀，琅琊山也。
> 山行六七里，有翼然泉上，醉翁亭也。翁之
> 乐也。得之心、寓之酒也。更野芳佳木，风
> 高日出，景无穷也。
> 游也。山肴野蔌，酒洌泉香，沸筹觥
> 也。太守醉也。喧哗众宾欢也。况宴酣之
> 乐、非丝非竹，太守乐其乐也。问当时、太
> 守为谁，醉翁是也。

1072 年，文化巨人欧阳修去世，享年六十六岁。
不如，我们再选取他的一首词，以兹纪念：

诉衷情·眉意

> 清晨帘幕卷轻霜，呵手试梅妆。都缘自
> 有离恨，故画作远山长。
> 思往事，惜流芳，易成伤。拟歌先敛，
> 欲笑还颦，最断人肠。

宋词之天慧星万人迷苏轼
——一蓑烟雨任平生

题记

万千文章万千人，万千宠爱在一身。

潮起潮落初心在，初心不变是先生。

（一）

　　我国文学史上广受人们喜爱的作家非苏轼莫属，究其原因，无非是苏轼无论面对顺境或逆境，始终保持初心。据传，苏轼一日饭后散步，拍着肚皮，问左右侍婢："你们说说看，此中所装何物？"一侍婢应道："都是锦绣文章。"苏轼不以为然。另一侍婢答道："当是满腹智慧。"苏轼以为不够恰当。爱妾朝云回答说："学士一肚子不合时宜。"苏轼听罢，捧腹大笑，面露得意之色。

不以物喜，不以己悲，这就是苏轼的可爱之处。读苏轼的词，这种感受更加深刻。里面没有矫揉造作，没有无病呻吟，只有娓娓道来，一切是那样平静、自然。比如那首被评为"千古第一悼亡词"的《江城子》：

> 十年生死两茫茫，不思量，自难忘。千里孤坟，无处话凄凉。纵使相逢应不识，尘满面，鬓如霜。
>
> 夜来幽梦忽还乡，小轩窗，正梳妆。相顾无言，惟有泪千行。料得年年肠断处，明月夜，短松冈。

苏门六君子之一的陈师道曾用"有声当彻天，有泪当彻泉"评赞此词。读这首词，感觉不到一丝矫情，完全是真情流露，每一次解读仿佛都是一次伤害，这其实是能够保持初心的人才能做到的。

然而，万人敬仰的苏轼的初心，却拜倒在另一位区区无名的女人面前。苏轼有位好友王巩，因受"乌台诗案"牵连，被贬至宾州（今广西宾阳）监盐酒税。王巩有位歌妓，名柔奴，她如朝云随苏轼到黄州同甘共苦般，毅然与王巩同行。几年后，王巩回到京城，苏轼为其接风洗尘，席间请柔奴斟酒，苏轼问她岭南生活苦不苦，柔奴轻声应道："此心安处，便是吾乡。"这不经意的一句话，像一声惊雷，震得大名鼎鼎的苏轼老容失色，敬重之意油然而生。

苏轼回家后，辗转反侧，夜不能寐，便披衣伏案，写下那首《定风波》：

> 常美人间琢玉郎，天教分付点酥娘。自作清歌传皓齿。风起，雪飞炎海变清凉。
>
> 万里归来年愈少，微笑，笑时犹带岭梅香。试问岭南应不好？却道，此心安处是吾乡。

苏轼平生见过无数风流人物，却被柔奴身处逆境而安之若素的可贵品格所感动，由此也抒发了随遇而安、无往不快的旷达襟怀，寄寓着自己的人生态度和处世哲学。

不忘初心，方得始终，这就是苏轼——人见人爱的智者！

（二）

苏轼能够做到不忘初心，还得感谢那位因陈桥兵变而黄袍加身的赵匡胤，正是因为这位仁兄"不杀士人"的遗训，才让我们喜爱的苏轼虽屡遭劫难却能活下去。当然，苏轼的"生"更主要取决于他的"心"。

这是一颗平常之心，平常得与常人无异。在流放惠州期间，每每品尝岭南佳果荔枝，就会想起杜牧的那句"一骑红尘妃子笑，无人知是荔枝来"的诗句，觉得自己比那位唐明皇幸福多了。当地客家人非常纯朴，看到这位远方来的客人如此贪恋美味的荔枝，就会劝他少吃点，说："一颗荔枝三把火啊！"我曾经很不解，明明吃荔枝易上火，为何苏轼还劝人"日啖荔枝三百颗，不辞长作岭南人"呢？后来听客家人讲客家话，忽然觉得那句"日啖荔枝三百颗"，可能就是客家话"一颗荔枝三把火"，或者"一啖荔枝三把火"，客家话"一啖"就是"吃一口"的意思，苏轼应该是听错了。之后，我又问了许多说客家话的朋友进行求证，得出的结论是：苏轼确实听错了。我相信苏轼后来一定知道了自己的失误，也不去纠正它。但这一美丽的"谎言"，不仅无伤大雅，反而体现了苏轼的率性、可爱。且将民谚入诗，可以想见苏轼创作时心情是多么平静、轻松。

这也是一颗童心未泯之心。苏轼满腹经纶，且一肚子不合时宜，这种人给别人的印象要么是老成持重，要么是不可一世。但苏轼偏偏与众不同，读他的诗词，如"夜饮东坡醒复醉，归来仿佛三更。家童鼻息已雷鸣，敲门都不应，倚杖听江声""老夫聊发少年狂，左牵黄，右擎苍"等等，你感受不到丝毫的情绪掩饰，而是一个活生生的、可爱的老顽童形象。正是这种率真的性格，在他周围聚集了一帮好友，三教九流都有，民间也流传着很多趣事。据传，佛印和尚是苏轼非常要好的朋友，一日，两人见面闲聊，苏轼突发童心，问道："和尚看我像什么？"佛印微微一笑，答："你像一尊佛。"苏轼听罢很开心。佛印问："居士看我像什么？"苏轼说："和尚像一团牛粪。"说罢，我们的苏轼哈哈大笑起来，那开心的劲头就像孩子得到了心爱的玩具似的。苏轼心想：平时，你这和尚老调侃我，这次我终于占便宜了。回家后，苏轼越想越得意，便将刚才的情形眉飞色舞地告诉妹妹苏小妹。谁知苏小妹听完，竟然不冷不热地告诉哥哥："参禅讲究见心见性，一个人心里装着什么，看别人就像什么。"听到此，苏轼仿佛被打了一记闷棍，呆若木鸡。

（三）

赵顼继位后，任用王安石进行变法革新，包括欧阳修、苏轼在内的朝廷官员，因对变法提出不同意见，受到排挤，纷纷请求外放。于是，苏轼被任命为杭州通判。这次官场挫折，使得说过"古之所谓豪杰之士者，必有过人之节，人情有所不能忍者……天下有大勇者，卒然临之而不惊，无故加之而不怒。此其所挟持者甚大，而其志甚远也"的苏轼，对自己的人生有了新的感悟。他的无奈、他的不甘，在他多年以后写的一首清新婉丽的《蝶恋花》词中，表现得十分充分：

花褪残红青杏小，燕子飞时，绿水人家绕。枝上柳绵吹又少，天涯何处无芳草。

墙里秋千墙外道，墙外行人，墙里佳人笑。笑渐不闻声渐悄，多情却被无情恼。

这首词写景、记事、说理如信手拈来，极为自然，再仔细琢磨，发现其寓庄于谐，充满智慧之光，是苏轼当时心情的真实写照。

多情的苏轼，尽管对无情的政治感到苦恼，但立功报国的信念，即便近不惑之年，依然炽烈。在杭州干了三年后，苏轼被调任山东密州（今山东诸城）知州，这里已接近边防前线。在一次狩猎中，人到中年的苏轼策马扬鞭，纵情驰骋。在他那首《江城子·密州出猎》词中表达了为国杀敌的强烈愿望：

> 老夫聊发少年狂，左牵黄，右擎苍。锦帽貂裘，千骑卷平冈。为报倾城随太守，亲射虎，看孙郎。
>
> 酒酣胸胆尚开张，鬓微霜，又何妨！持节云中，何日遣冯唐？会挽雕弓如满月，西北望，射天狼。

这不仅是一首豪放之词，更是一首壮怀之词。我敢肯定，这样的壮词，除了苏轼，没有第二个人能写得出。可能有人会不同意我的观点，认为南宋的辛弃疾也没问题。是的，苏轼和辛弃疾虽都是豪放派词人的翘楚，但两人还是有不同之处，这种不同主要体现在双方的性格上面：苏轼可敬又可爱，辛弃疾则可敬却不太可爱。不同的性格，会真实地反映在他们创作的诗词风格上，即所谓词如其人。

苏轼临终前，总结自己一生的功业时，点了黄州、惠州和儋州三个地方。实际上，杭州和密州在他六十多年的人生当中，也占据了重要地位。他先后两次到杭州任职，留下来的财富，到现在还被人津津乐道。在密州期间，除了写下《江城子·密州出猎》这一传世之作，还有一篇被评为词坛第二（第一也是他的作品）的惊世之作，这首词之所以能问世，皆因过了一个节，思念一个人。

（四）

1076 年，苏轼在密州任知州。那年中秋节，苏轼邀请几位好友在府第聚会，"欢饮达旦，大醉"。第二天醒来，忽然想起了在外地做官的弟弟苏辙（字子由），便泼墨挥毫，一气呵成，写下了空前绝后的《水调歌头》：

　　丙辰中秋，欢饮达旦，大醉，作此篇，兼怀子由。

　　明月几时有？把酒问青天。不知天上宫阙，今夕是何年。我欲乘风归去，又恐琼楼玉宇，高处不胜寒。起舞弄清影，何似在人间。

　　转朱阁，低绮户，照无眠。不应有恨，何事长向别时圆？人有悲欢离合，月有阴晴圆缺，此事古难全。但愿人长久，千里共婵娟。

　　我想，这首词不会背的人应该不多。即使背不下来，也应该会哼唱用该词谱成的曾风靡一时的经典曲子。连我这个五音不全、记不住歌词的人，也会把它作为自己的保留歌曲，有机会就拿出来露一手。我有时想，每当大家唱这首《水调歌头》时，已在天上宫阙待了九百多年的苏轼，会告诉我们什么呢？是不是会说：欲知明月几时有，请问老夫苏东坡；倘若要想人长久，平时多吃东坡肉。

　　想到弟弟子由，苏轼又回忆起当年去陕西赴任时，和子由在河南渑池的点滴故事，也想起了那首充满人生哲理的律诗——《和子由渑池怀旧》：

人生到处知何似？应似飞鸿踏雪泥。

泥上偶然留指爪，鸿飞那复计东西。

老僧已死成新塔，坏壁无由见旧题。

往日崎岖还记否，路长人困蹇驴嘶。

如果说，人生是由无数个坐标点组成的，那么，这些坐标点有没有规律可循？苏轼说，人生有着不可知性，并不意味着人生是盲目的；过去的东西虽已消逝，但并不意味着它不曾存在。我们在艰难崎岖的山路上，骑着蹇驴颠簸的经历，难道不是一种历练、一种经验、一种人生的财富？因此，人生虽然无常，但我们不应该放弃努力；事物虽具有偶然性，我们也不应该放弃对必然性的寻求。

可是，善于思考人生的苏轼，却又无法掌握自己的命运。

（五）

　　元丰三年（1080），被贬黄州不久的苏轼，生活的凄苦尚能克服，但心情的苦闷、精神的孤独却难以排遣，一首《卜算子》道尽了他那份难言的孤寂：

　　　　缺月挂疏桐，漏断人初静。谁见幽人独往来，缥缈孤鸿影。
　　　　惊起却回头，有恨无人省。拣尽寒枝不肯栖，寂寞沙洲冷。

　　尽管苏轼认为月有阴晴圆缺是自然规律，但此时他眼里看到的是枝疏叶稀的桐树上方的缺月，让人感到一阵寒意。谪居黄州的苏轼常言自己是"幽人"，独来独往，如同缥缈的孤鸿之影。更让他难耐的是，没人明白、没人了解他的怅恨何在。即便如此，苏轼也不愿随便拣根寒枝歇下自己的灵魂。

　　3月7日，已经习惯黄州清贫、孤苦生活的苏轼，和几位新结识的朋友在沙湖游玩。几年的躬耕生活，让苏轼看起来像一名村夫，长满老茧的双手，让人无法想象这就是那位名盖京华的大文豪。初春的气息洗涤了心中的苦闷，苏轼的心也充满了绿色。正玩得开心之时，大雨骤然而至，由于大家都没有带雨具，一时显得十分狼狈。不一会儿，雨过天晴，苏轼在回程途中，边走边吟，写下了这首流传千古的《定风波》：

> 莫听穿林打叶声，何妨吟啸且徐行。竹杖芒鞋轻胜马，谁怕？一蓑烟雨任平生。
>
> 料峭春风吹酒醒，微冷，山头斜照却相迎。回首向来萧瑟处，归去，也无风雨也无晴。

相信很多人都喜欢这首词，我也是其中之一。纵观全词，表达了苏轼顺应自然、不喜不悲、胜败两忘的人生哲学和处世态度。就像他在《和子由渑池怀旧》诗中所说："人生到处知何似？应似飞鸿踏雪泥。泥上偶然留指爪，鸿飞那复计东西。"所以，"归去，也无风雨也无晴"。仕途的风雨就如同这自然界的风雨一样变幻无常，与其终日忍受这种阴晴不定的烦恼，还不如退隐江湖，一切平静，"无雨无晴"。

一次偶然的雨中游玩，却送给后人一份洗涤心灵的精神大餐，这就是苏轼的本事。不仅如此，他还给我们送了一剂不向命运低头的灵丹妙药，且看他在黄州时所写的《浣溪沙·游蕲水清泉寺》：

> 山下兰芽短浸溪，松间沙路净无泥，潇潇暮雨子规啼。
>
> 谁道人生无再少？门前流水尚能西，休将白发唱黄鸡。

美国著名作家海明威在他的小说《老人与海》中说过一句话：人可以被打倒，但不可以被打败。苏轼就是这样的人，无论朝廷把他流放到黄州、惠州，还是儋州，击垮的只有他的身体，却永远击不垮他那颗率真之心。

（六）

苏轼被贬黄州，是因言；能够大难不死，亦因言。前者之言，用现在的话来说，是因为政治上不成熟，口无遮拦，发了几句牢骚，而被政敌抓住了把柄；后者之言，则是因为文章写得太好，让很多人起了怜才之心，甚至包括改革派王安石都劝皇帝赵顼刀下留人，最终逃过一死。

因言定罪，其实就是文字狱。各朝各代都有，北宋也不例外。比如上面所说的"言"字，它有不同解释，可以理解为说话，也可以理解为文章。又比如"龙"字，可以理解为一种动物，也可以理解为皇帝。苏轼在一首咏桧树的诗里曾说过："根到九泉无曲处，此心惟有蛰龙知。"意思是桧树的根一直到最深的九泉都是直的，可是在地下，谁知它是直的还是弯的。所以这个正直的心，只有地下的蛰龙才知道。这句诗本无问题，可他的对手不会这样想：当今皇上是天上真龙，你竟然说地下还有一条龙！苏轼，你这是有谋逆之心，是死罪！这就是历史上有名的"乌台诗案"。我们用的方块字就像一位美女，柔起来，它可以幻化成诗和艺术，给人以美的享受；狠起来，它可用来杀人，你还无法自辩，只能后悔自己不是文盲。

然而，祸兮福之所倚，福兮祸之所伏。苏轼个人的劫难，却成就了我国文明史上的文化大餐。赤壁那战争硝烟早已烟消云散的古战场，因苏轼的到来，留下了超今冠古的千古绝唱。让我们挺起胸来，一起读、一起背《念奴娇·赤壁怀古》吧：

大江东去，浪淘尽，千古风流人物。故

垒西边，人道是，三国周郎赤壁。乱石穿空，惊涛拍岸，卷起千堆雪。江山如画，一时多少豪杰。

遥想公瑾当年，小乔初嫁了，雄姿英发。羽扇纶巾，谈笑间，樯橹灰飞烟灭。故国神游，多情应笑我，早生华发。人生如梦，一尊还酹江月。

这首词一问世，立即在京城引起轰动。人们忽然感到，没有苏轼的汴梁城是那么的无趣，许多人开始怀念远在黄州的苏轼来。而在黄州，《念奴娇·赤壁怀古》所产生的反响让苏轼完全没有想到。一天夜里，他到蕲水和朋友喝酒，大醉，东倒西歪地走到一座桥边想休息一下，但竟然睡着了。次日醒来，便在桥柱子上写了几句话。当然，肯定不是"苏轼到此一游"，而是一首《西江月》：

照野弥弥浅浪，横空隐隐层霄。障泥未解玉骢骄，我欲醉眠芳草。

可惜一溪风月，莫教踏碎琼瑶。解鞍欹枕绿杨桥，杜宇一声春晓。

果然"杜宇一声春晓"！正当苏轼把黄州苟且的生活，过成诗和远方的时候，朝廷的变故让他又回到了阔别十五年之久的杭州——梦中的钱塘。

（七）

元丰七年（1084），苏轼离开黄州，去汝州（今属河南）上任。途中，小儿夭折，路费花光，不得已滞留江苏常州，暂住下来。不久，宋神宗驾崩，赵煦继位。新党下，旧党上。苏轼看到以司马光为首的守旧派不仅尽废新法，而且对改革派实行无情的打击，忍不住又上书谏言，直陈时弊。唉，可爱的苏轼，难道你不知道沉默是金吗？这下好了，新旧两党全得罪了。于是，他再次请求外调，被任为杭州知州。

杭州是我国运气非常好的城市，不是因为这里风景优美、经济发达，也不是因为这里曾是多个朝代的都城，而是因为在唐、宋时期先后来了两位国宝级文人，更因为这两位大咖给这个城市留下了至今尚在发挥价值的遗产，比如像两条玉带一样横亘在西湖上的

白堤和苏堤。白堤的"白"指的是白居易，他是唐代
伟大的诗人，在杭州时留下了很多诗作，非常著名的
有《钱塘湖春行》：

> 孤山寺北贾亭西，水面初平云脚低。
> 几处早莺争暖树，谁家新燕啄春泥。
> 乱花渐欲迷人眼，浅草才能没马蹄。
> 最爱湖东行不足，绿杨阴里白沙堤。

苏堤的"苏"即苏轼。苏堤比白堤长，还有一个
好听的外号"苏堤春晓"。苏轼在杭州的收获也比白
居易多，1071年被调为杭州通判后，苏轼就多了一个
红颜知己，她的名字叫王朝云。据说，已经成为西湖
乃至杭州文化名片的那首诗，就是苏轼为朝云而作的。
我们先来温习一遍《饮湖上初晴后雨》吧：

> 水光潋滟晴方好，山色空蒙雨亦奇。
> 欲把西湖比西子，淡妆浓抹总相宜。

能得到苏轼这么厚重的礼物，朝云肯定有非凡之
处。秘诀就是，朝云是这世上最懂苏轼的女人。一个

女人，可以不漂亮，可以不温柔，但是要懂所爱的男人。后来，朝云一直陪着苏轼来到广东惠州，死后葬在惠州西湖南畔的栖禅寺松林内。

"东坡处处筑苏堤"，苏轼一生筑过三条长堤。苏轼被贬颍州时，对颍州西湖也进行了疏浚，并筑堤。1094年，苏轼被贬为远宁军节度副使，惠州（今广东惠阳）安置，年近六旬的苏轼，把皇帝赏赐的黄金拿出来，捐助疏浚西湖，并修了一条长堤。如今，这条苏堤在惠州西湖入口处，像一条绿带，横穿湖心，把湖一分为二，右边是平湖，左边是丰湖。

然而，杭州的日子，成了苏轼生命中最后的美好时光。随着新党重新得势，新的灾难正向他慢慢靠近，而这一次耗尽了一代文豪的生命。

（八）

在写苏轼之初心前，"千年难出的文艺天才"是我对他的基本看法。随着研究的深入，我逐渐修正自己的观点。因为天赋对每个人来说，虽有大小之分，但它并不是衡量一个人最终成就的决定性因素。王安石笔下的仲永，天赋不可谓不高，结果还是"泯然众人矣"。所以，对一个人来说，天赋固然重要，更重要的是心态。只有把天赋和智慧紧紧地结合在一起，才能成就真正的伟业。而一个人的智慧，一定不是天生的，它必然与心态有关，心态明则智慧生，心态暗则智慧泯。

苏轼缺乏政治智慧，却充满生活智慧，因此仕途坎坎坷坷，生活却快快乐乐。嘴馋了，就琢磨如何做菜，烧制东坡肉、东坡肘子等菜式，我现在想想都会流口水。写文章欲用典了，没有合适的，干脆"想当然耳"，居然能把欧阳修蒙住，而且还让欧阳修无话可说。这真是一个可爱、有趣之人！我要是一个女人，一定会爱上他。

苏轼的生活智慧还有一个显著特点，就是幽默。林语堂说幽默分阳性幽默和阴性幽默。阳性也好，阴性也罢，归根结底还是取决于心态。苏轼显然是阳性幽默的杰出代表，民间有很多关于他的搞笑故事。除他之外，历史上还没有哪个文人有那么高的"出镜率"，甚至还给苏轼杜撰一个妹妹来配合他。苏小妹也是个出名的才女，兄妹俩常对诗取乐。相传苏小妹的前额很突出，苏轼就逗她说："未出门前三五步，额头已至画堂前。"苏小妹也不是好惹的，她看到苏轼的脸很长，就回敬道："去年一滴相思泪，至今还未到腮边。"这兄妹俩，太逗了！他们互不相让，善意嘲讽却妙趣横生。在这种家庭氛围中生活，每餐都会多吃一碗饭，然后，再去快走一万步。

还有一个更有趣的故事，应该是真的。苏轼有位好友叫张先，就是那个外号"张三影"的家伙。张先八十岁高龄时，娶了一个十八岁的美貌少女为妾。苏轼知道后，遂作了一首诗派人送给他。要知道，苏轼、黄庭坚、米芾、蔡襄可是被公认为宋代四大书法家。能得到苏轼的真迹，让张先如获至宝。可是，张先展开纸后，却是哭笑不得。且看苏轼是如何写的：

十八新娘八十郎，苍苍白发对红妆。

鸳鸯被里成双夜，一树梨花压海棠。

这首诗的意思，一言以蔽之，就是"老牛吃嫩草"。尤其是那个"压"字，用得非常暧昧，哪有半点大文豪的样子。前几年，一位知名人士也发生了此类事情，倘若苏轼在世，不知又会写出什么样的诗来。

（九）

701 年，在隶属于唐朝安西都护府的碎叶城（今属吉尔吉斯斯坦），一户从甘肃天水迁徙来的李姓人家诞生了一个男孩。为了给孩子创造良好的教育环境，这个男孩长到五岁时，一家人又迁到四川江油定居。我想大家都知道了，这个男孩就是后来成为伟大诗人的李白。李白在四川生活了二十年，是巴山蜀水给了他旷达的性格和灵气。

整整四百年后，即 1101 年，因赵佶（宋徽宗）继位而得到赦免的苏轼，从海南儋州北归，一路颠簸，疾病缠身，临终前十天，他把三个儿子叫到床前说："吾生无恶，死必不坠，慎无哭泣以怛化。"意思是：我平生未曾为恶，自信不会进地狱，你们不要难过哭泣。1037 年，苏轼出生于四川眉山，二十一岁离川赴京，高中进士。做了官的苏轼，并没有过上几年好日子，身如浮萍，一路坎坷。病逝前两个月，遇赦北返的苏轼游览金山寺。寺里，那幅李公麟所画的东坡画像还在，看着自己的这幅坐像，苏轼百感交集，写下了《自题金山画像》，对自己的后半生作一总结：

心似已灰之木，身如不系之舟。

问汝平生功业，黄州惠州儋州。

到了这个时候，曾经豪情万丈的苏轼已觉得很累很累了。是的，人生如白驹过隙，往往回首一看，一切都是虚无，或像掠过的一缕阳光，或像燧石取火闪过的火花。与其浪费生命去追求浮云般的名利，不如放下一切做闲云野鹤，弹一张琴，酌一壶酒，听鸟语，闻花香，坐看云卷云舒，享受当下的美好时光。在苏轼的《行香子·述怀》中，他将"人生如梦"的感慨，作了一次系统地诠释：

清夜无尘，月色如银。酒斟时，须满十分。浮名浮利，虚苦劳神。叹隙中驹，石中火，梦中身。

虽抱文章，开口谁亲。且陶陶，乐尽天真。几时归去，作个闲人。对一张琴，一壶酒，一溪云。

曾读过一篇文章，该文对我国历史上天才级文人进行了点评，排在前两位的是在天府之国长大的苏轼和李白。尤其是苏轼，是千年，不，是万年也难出的天才。一般的历史人物，在某一方面取得突出成就就足以独步天下；而苏轼，其诗、其词、其文、其书、其画，每一项取得的成就都无人能出其右，是名副其实的文艺全能冠军。

窃以为，我国历史上天才级人物灿若繁星，且大多取得了非凡的成就。为何这些人大多可敬却不可爱？无他，因为他们虽有苏轼、李白般的天赋，却没有苏轼、李白那一辈子都保持的初心。

（十）

2016 年 8 月 18 日，我到河源市东源县考察旅游扶贫工作，县旅游局王副局长带我们从东江画廊坐船，约一个小时后，来到一处古民宅旁。王副局长介绍，这就是迁居于此的苏轼后人所在地苏家围。因这一机缘，更出于对苏轼的喜爱，便忍不住再写一篇《宋词之苏轼之初心（十）》。虽然内容有点勉强，但还是有些关联。正如苏轼在其《琴诗》所言："若言琴上有琴声，放在匣中何不鸣？若言声在指头上，何不于君指上听？”

其实之前来过一次苏家围，只因那次天气太热，不及细览，便匆匆而去。苏家围属东源县义合镇，仿佛一条古朴的船停靠在东江边。村子四周栽满了竹子，让人不禁想起苏轼那句“宁可食无肉，不可居无竹”的名言。村口有一个池塘，种满了荷花，因花季已过，水面上的荷叶开始枯萎。可能是我们运气太好，在池塘一隅居然还有几朵绽放的荷花，好像在朝我们微笑。

据介绍，苏家围是苏轼的第七代孙苏天荣（苏轼的儿子苏过的后人）发现的，定居者是苏轼的第十一代孙苏秀弘，至今已有七百多年的历史。这些宅子因被洪水淹没而修缮过一次，但基本保存完好。苏轼曾写过一首《洗儿诗》：“人皆养子望聪明，我被聪明误一生。惟愿孩儿愚且鲁，无灾无难到公卿。”他的后人谨遵祖命，虽没有位极人臣者，但也没有遇到大灾大难。文脉倒是从没断过。苏家围过去有座东山学堂，是当时该地最好的学校。据记载，清代时，有一年河源县考中了二十四名秀才，其中十二名来自苏家围，故有“苏半县”的美誉。

今天，苏家围已被东源县列入特色小镇、美丽乡村建设示范点。相信不远的将来，这里将成为东江之

滨一颗令人瞩目的乡村明珠。矗立在苏家围村广场的
那座苏轼雕像，将会见证这一天的到来。这难道不是
苏轼的初心吗？当如是，苏轼定遍邀天下客，齐集苏
家围，"客喜而笑，洗盏更酌。肴核既尽，杯盘狼藉。
相与枕藉乎舟中，不知东方之既白"。

　　1084 年，苏轼在赴汝州团练副使途中经过泗州
（今江苏境内），与泗州刘倩叔同游南山。黄州清苦的
贬谪生活，让苏轼对官场和人生有了更深的思考。离
开泗州时，便写了一首令人充满遐思的《浣溪沙》：

　　　　细雨斜风作晓寒，淡烟疏柳媚晴滩。入
淮清洛渐漫漫。
　　　　雪沫乳花浮午盏，蓼茸蒿笋试春盘。人
间有味是清欢。

　　是的，"人间有味是清欢"啊！

宋词之天伤星朝暮君秦观
——杜鹃声里斜阳暮

题记

山抹微云云黯收，梦回徐州说当初。

多情岂是朝暮间，甘为苏门马前卒。

（一）

1094 年，在国史馆供职的秦观（字少游），因政治上倾向旧党而遭到任用新党执政的宋哲宗的处分，一贬至杭州，再贬至处州（今浙江丽水）、郴州、横州（今广西横县）、雷州等地。在湖南郴州时，心情苦闷的秦先生，流连郴州的东江湖、苏仙岭等美景，在一家设施简单却很干净的客栈，提笔写下了《踏莎行·郴州旅舍》：

雾失楼台，月迷津渡，桃源望断无寻处。可堪孤馆闭春寒，杜鹃声里斜阳暮。

驿寄梅花，鱼传尺素，砌成此恨无重数。郴江幸自绕郴山，为谁流下潇湘去。

这篇词作非常深切地抒写出词人遭受流放、前途渺茫、孤独寂寞、思念家乡的愁绪。特别是最后两句，因景设问，表达了词人远离朝廷、谪放天涯的无奈和悲愤。秦观去世之后，苏轼将这两句词书于扇上，并题曰："少游已矣，虽万人何赎！"正是因为对这首词的喜爱，同是天涯沦落人的苏轼心有戚戚焉，专门为此题跋。另一位书法界大佬级人物米芾先生有感于此，不遑多让，便将秦词、苏跋刻在石碑上，由此成就了我国文化史上"三绝碑"的佳话。据说，毛主席生前至少两次提到"三绝碑"，这段掌故令他老人家神往不已。

我曾经接待过郴州旅游部门的客人，在交流过程中，我主动和他们谈起了秦观和"三绝碑"，背诵了《踏莎行·郴州旅舍》，这令他们大为惊讶，油然而生的自豪感让我们之间的感情一下子被拉近。我在想，当今社会，人们往往通过烟、酒或者饭局来增进交流、联络感情，其实，懂点古诗词有时会起到意想不到的效果。

闲话少说。七夕之夜，秦观独坐屋前，望着满天繁星，灵感像河水一样倾泻而出，口中轻轻吟诵着《鹊桥仙》：

纤云弄巧，飞星传恨，银汉迢迢暗度。

金风玉露一相逢，便胜却人间无数。

柔情似水，佳期如梦，忍顾鹊桥归路。

两情若是久长时，又岂在朝朝暮暮。

文学史上关于七夕的诗词，格调大多哀婉、愁苦。秦观此词，既不"悔"，与"嫦娥应悔偷灵药，碧海青天夜夜心"不同；也不"哀"，与"盈盈一水间，脉脉不得语"不同；更不"恨"，与"天长地久有时尽，此恨绵绵无绝期"不同。而是将对爱人和亲友的离别、思念之情，贴上轻快的音符，弹奏出了一首优美动听的歌。这首流传广泛的七夕词，成了秦观的代名词。

（二）

在秦观五十二年的人生中，一个人和一个地方对他影响最大，几乎占了他生活的全部。这个人就是如雷贯耳的奇才苏轼，那个地方则是他的家乡高邮（今属江苏），秦观在高邮生活了三十多年。

按照现在的语言，秦观是苏轼的铁杆粉丝，秦观曾说："我独不愿万户侯，惟愿一识苏徐州。"意思是说：只要能认识苏轼，我宁可不要功名。我看这话可信，苏轼这人太有魅力了，换成是我，恐怕也会这样说。

我想，秦观对苏轼如此膜拜，不仅是崇拜苏轼的才识，而且对他的为人、为官之德也是钦佩得无以复加。尤其是读到苏轼在任徐州知州（相当于市长）时写的几首小词，内心的冲动竟让秦观彻夜难眠。为此，他一刻也不想苟且下去，决定去趟徐州，来一次说走就走的旅行，拜访心中日思夜想的偶像，寻找心目中的诗和远方。

北宋元丰元年（1078）春天，徐州发生了严重的旱灾，作为市长的苏轼曾率众到城东二十里的石潭求雨。也许是苏轼的赤诚之心感动了上苍，数日后，一场喜雨从天而降。苏市长十分开心，于是便又与百姓同赴石潭谢雨。苏轼在赴徐门石潭谢雨路上写成了一组词《浣溪沙》，题为"徐门石潭谢雨道上作五首"，写的都是徐州初夏农村的景色。我选择其中第四首供大家欣赏：

　　簌簌衣巾落枣花，村南村北响缫车，牛衣古柳卖黄瓜。

　　酒困路长惟欲睡，日高人渴漫思茶，敲门试问野人家。

估计大多数人读了该词后，最直接的感受是：生动、亲切、有趣。其实我也一样。后来又一想，北宋的市长是否都是这种工作作风啊，下乡考察调研，居然没有人为他拎包、提水，还得自己向素不相识的农家讨水喝，那时应该没有司机，秘书随从总会有吧。苏轼是位率真可爱之人，我想，他词中描写的情形不会有水分。

秦观的徐州之行，取得了圆满成功。他不仅见到了苏市长，而且还得到他的赏识。由此，秦观的脚步一直追随着苏轼，很少离开过。有意思的是，苏轼在扬州任职期间，秦观去拜访他，还意外收获了一场艳遇。不信，请读读秦观填写的《御街行》[1]：

一

银烛生花如红豆。这好事，而今有。夜阑人静曲屏深，借宝瑟，轻轻招手。一阵白蘋风，故灭烛，教相就。

花带雨，冰肌香透。恨啼鸟，辘轳声晓。岸柳微风吹残酒。断肠时，至今依旧。镜中消瘦。那人知后，怕你来僝僽[2]。

秦观的这首词，意思很明显。上阕写艳遇前的环境和艳遇的过程；下阕写云雨之欢和艳遇后的感受。具体过程史料中有记载，说秦观在扬州时，到刘太尉家参加宴会。席间刘太尉让家里的歌妓演唱，佐酒助兴，其中一个美女擅长弹筝篌。此女倾慕秦观的才名，频频向秦观暗送秋波。秦观是风月场所中的老手加高手，心领神会。不一会儿，主人离席如厕。真是上天

---

[1]此词又别作黄庭坚的《忆帝京·私情》，周邦彦的《青玉案》也与《御街行》类似，本书从《绿窗新话》卷上引《古今词话》之说，定为秦观之作。关于此词的写作时间，目前尚无定论，一说为1092年，详见《历代词人品鉴辞典》；一说为1068—1077年间，详见《秦观诗词文选评》。
[2]僝僽：烦恼、埋怨。

也有成人之美，恰好这时起了一阵狂风，吹灭了蜡烛。
美女趁机倒在秦观怀中，两人竟在仓促间尽了鱼水之
欢。真是"一寸光阴一寸金"啊！完事之后，美女还
含情脉脉地对秦观说："今日为学士瘦了一半！"秦观
大为感动，便写下了这首《御街行》。不得不羡慕那时
的文人，活得真实；也不得不佩服那时的文人，不拘
小节。

更令我感兴趣的是，若苏轼知道这件事，不知有
何感想？有一点可以肯定，秦观没张先那么幸运，得
到苏轼"一枝梨花压海棠"那类诗句的调侃。

（三）

1092 年，在外地做了多年地方官的苏轼，被以兵
部尚书召还，自扬州返回京都，后升迁为端明殿学士
兼翰林侍读学士守礼部尚书。1093 年，秦观任国史院
编修，与黄庭坚、晁补之、张耒等人经常在苏府走动，
人称"苏门四学士"。还有一个很有意思的传说，民间
也不知怎么流传开的，估计是《醒世恒言》的作者冯
梦龙干的事儿，他给苏轼塑造了一个妹妹，即苏小妹，

让苏小妹嫁给了秦观，并在洞房花烛之夜，屡出对联考察新郎官的才华，若对不上，就休想圆房，害得秦姑爷那天晚上在新房门外硬生生地蹚出了一条新路来（我演绎的）。

秦观与苏轼的关系如此密切，应该说是正儿八经的师生关系，但他的词风跟苏轼完全不同。秦观之词，偏于婉约，是婉约派的代表人物之一，其特点是雅淡轻盈，淡中见情，给人以空灵的感觉。较有代表性的作品除了《踏莎行·郴州旅舍》和《鹊桥仙》外，还有一首《浣溪沙》：

漠漠轻寒上小楼，晓阴无赖似穷秋。淡烟流水画屏幽。

自在飞花轻似梦，无边丝雨细如愁。宝帘闲挂小银钩。

"自在飞花轻似梦，无边丝雨细如愁。"这么有韵味、有意境、有灵性的句子，是怎么想出来的？我这种愚笨之人，即便是想破了脑袋，也无济于事。好在我的"味觉"还比较敏感，尚能品到它的醇绵悠长。

有一年春天，秦观和一班好友在野外踏青。突然，

一声声春雷轰轰响起，大雨随即而下。站在屋檐下躲
雨的秦观，看到芍药、蔷薇等花在雨中的不同神态，
便写了一首七言绝句《春日》：

> 一夕轻雷落万丝，霁光浮瓦碧参差。
>
> 有情芍药含春泪，无力蔷薇卧晓枝。

是不是有种轻盈飘忽、素净淡雅的感觉？仿佛用
笔轻轻一带，就成了一幅优美的山水画。难怪苏轼说
秦观有"屈（即屈原）、宋（即宋玉）之才"，这是一
个极高的评价。

（四）

在文化牛人如云的北宋，秦观能有一席之地，除
了自身有过人之处外，与老师苏轼的极力推荐和精心
包装有很大的关系。苏轼曾专门写信向王安石推荐秦
观自编的诗文集，王安石读后，称秦观"有鲍、谢清
新之致"。苏轼还是包装高手，不失时机地为秦观宣
传、点赞。有一次，苏轼在众多好手参加的聚会上，

当场出了副下联，请参会人员对出上联。苏轼的下联
是：露花倒影柳屯田。柳屯田即柳永，"露花倒影"是
柳永的《破阵乐》中的首句。没等大家回答，苏轼面
带微笑地说出了上联：山抹微云秦学士。说罢，便用
带四川方言的官话，朗诵起秦观的《满庭芳》来：

　　山抹微云，天连衰草，画角声断谯门。
暂停征棹，聊共引离尊。多少蓬莱旧事，空
回首，烟霭纷纷。斜阳外，寒鸦万点，流水
绕孤村。
　　销魂，当此际，香囊暗解，罗带轻分。
谩赢得青楼，薄幸名存。此去何时见也？襟
袖上，空惹啼痕。伤情处，高城望断，灯火
已黄昏。

　　说实话，我非常羡慕秦学士能得到北宋第一文人
苏轼不遗余力的帮助，而且他们之间没有一点功利色
彩和铜臭味。自那以后，"山抹微云秦学士"的名号
迅速传遍大江南北，其影响之大、作用之强甚至超出
了苏轼的预期。现代人通过《鹊桥仙》了解秦观，而
在古时，"山抹微云"的名号在江湖上比"朝朝暮暮"

更有名。

据传,秦观有位名叫范温的女婿,曾参加一个达官家的宴会。这个达官有个歌姬,擅长唱秦观的词,一开始对范温比较冷淡。她唱完《满庭芳》后,逐一向客人劝酒,才问范温的身份。范温赶快抓住机会,回答说:"某乃'山抹微云'女婿也。"大家哄堂大笑,却也因此对他多了些敬意。

关系是把双刃剑。苏轼一方面为秦观带来巨大的荣誉,另一方面在政治上也让秦观多多少少受到牵连。1098 年秋,秦观被贬雷州,这是他贬谪生涯的最后一站。同年,苏轼在海南昌化军(今儋州)。1100 年,宋徽宗即位,政治局势出现变动,过去被贬的官员大多内迁,苏轼遇赦北移,秦观也被恢复宣德郎的职位,两人相会于雷州,恍然若梦。后来,秦观北上至藤州(今广西藤县),游览光华亭时,"索水欲饮,水至,笑视之而卒"①。

---

① (元)脱脱. 宋史[M]. 北京:中华书局,1985.

宋词之天浮星白衣卿相柳永
—— 衣带渐宽终不悔

题记

杨柳岸边残月天，烟花巷陌有红颜。

满城缟素吊何人，白衣卿相柳三变。

（一）

1053 年，北宋京城汴梁发生了一件重大的群体性事件。那年冬日，开封下起了大雪，没多久，全城就披上了银装。这时，一支送葬的队伍出现在街头，此时的汴梁城，半城皆缟素，一片哀泣声。是当朝皇帝驾崩了吗？可仔细一看，怎么送葬队伍中绝大部分是女人？难道都是皇帝的后宫嫔妃？不对，后宫嫔妃的芳颜，哪是庶民百姓能见得到的。突然，有人大声惊呼:"我的天啊!全是妓女!"沿街住户纷纷推开窗户,目睹这一闻所未闻的奇特场景。大家都很纳闷:谁走了?

走的是位落魄文人,姓柳,名永,原名三变,因排行老七,又称"柳七"。大家对此人应该不陌生,因为我们的中学语文课本里,选了他的一首词《雨霖铃》,其中最有名的一句便是:"今宵酒醒何处?杨柳岸,晓风残月。"在北宋词坛,柳永可是个牛人,他开创了一代词风,创立了很多词牌,是婉约派的老大。他去世那年,豪放派的老大苏轼还在四川眉山勤学苦读,做着金榜题名的美梦呢!

柳永还有项更牛的纪录,迄今无人能破,估计今后也没人破得了。那就是,他的红颜知己不计其数。有一年,柳永路过江州(今江西九江),在所住的客栈看见一位叫谢玉英的歌妓,案上摆了本自己用蝇头小楷抄写的"柳七新词",两人一见如故,相约不离不弃。三年后,柳永在余杭任职结束后,再到江州找谢玉英,不料扑了个空,柳永十分惆怅,在花墙上赋词一首,其中道:"见说兰台宋玉,多才多艺善赋,试问朝朝暮暮,行云何处去?"谢玉英回来后,十分愧疚,便变卖所有的家当,赶往东京(今河南开封),寻找柳永。后来两人形同夫妻，一直生活在一起。

柳永晚年穷愁潦倒，死时一贫如洗，谢玉英、陈师师等名妓念他的才学和痴情，凑钱安葬他。出殡时，东京满城名妓都来了。谢玉英为他披麻戴孝，两个月后因痛思柳永而去世。每年清明节，歌妓都相约赴柳永坟地祭奠，并相沿成习，世称"吊柳七"或"吊柳会"，这就是"群妓合金葬柳七"的故事。后有人题柳永墓云：

乐游原上妓如云，尽上风流柳七坟。

可笑纷纷缙绅辈，怜才不及众红裙。

（二）

柳永是宋代著名职业词手，一生大部分时间都混迹于烟花场所。那时文人写作，是没有稿费的，柳永的生活基本靠妓女接济。我有时想，宋代真是我国历史上最有趣的年代，连妓女的素质都那么高。民国四大公子之一的袁克文，死时也有上千妓女为其送葬，袁公子虽是风流才子，却是锦衣玉食、挥金如土，不排除那些妓女有慕才之意，也不能排除有慕财之图；而柳永，绝对是宋代妓女们的精神寄托。

柳永才华横溢，为什么会选择这种生活方式？原因就出在他写的一首词上，词牌是《鹤冲天》：

> 黄金榜上，偶失龙头望。明代暂遗贤，如何向？未遂风云便，争不恣狂荡。何须论得丧？才子词人，自是白衣卿相。
>
> 烟花巷陌，依约丹青屏障。幸有意中人，堪寻访。且恁偎红倚翠，风流事，平生畅。青春都一饷。忍把浮名，换了浅斟低唱。

这是柳永第二次科举落第后发的牢骚话，不知怎么传到了当时的皇帝赵祯那里。若干年后，柳永再次参加科举考试，本来已经顺利过关，当名单送到皇帝处勾选时，皇帝看到柳永的名字，说了句"且去浅斟低唱，何要浮名！"就这一句话，彻底改变了柳永的命运，官场是进不去了，罢，罢，罢，只得到"烟花巷陌"去"偎红倚翠"吧。

同样的事情，在唐代诗人孟浩然身上也发生过。这位后来让李白极为推崇的诗人（"吾爱孟夫子，风流

天下闻"），因一句"不才明主弃，多病故人疏"诗，
让唐玄宗很不高兴："小样儿，太不知天高地厚了吧，
居然敢说朕不识也不用人才！朕什么时候遗弃你的？
你自己不求上进，还写诗来埋怨我！"完了，我们这
位孟老夫子，只好"红颜弃轩冕，白首卧松云"去也。
由此我想，现在许多人把成语"沉默是金"中的"金"
字当成黄金来理解，但是这个"金"应该可看作"金
榜"的金，意思是：千万别乱说话，否则，考试及格，
想做官，没门儿！

经此打击，柳永老兄倒也想得开，干脆请裁缝制
作了一面旗子，上书"奉旨填词柳三变"七个大字，
成天举着招摇过市，成为汴梁城的一大景观，只不过
客人基本上都是妓女。一日，有位妓女笑他："柳先
生，奉旨填词是什么官职？"柳永不以为忤，答道：
"我是白衣卿相。"

（三）

如果说柳永真的因宋仁宗那句话便死了入仕之心，
那也是太扯了！古代文人大多具有士大夫精神，修身、

齐家、治国、平天下的思想已经长到文人的骨髓里，是不可能清理干净的。有一年，柳永到了杭州，想拜访杭州知州，却始终找不到机会，便自创词牌，填好后交由一位歌妓演唱，并再三嘱咐，若去知州家表演，就唱这首词。柳永的小伎俩果然成功，知州听后，觉得不错，还专门请柳永吃了一顿饭。这首词便是《望海潮》：

> 东南形胜，三吴都会，钱塘自古繁华。烟柳画桥，风帘翠幕，参差十万人家。云树绕堤沙，怒涛卷霜雪，天堑无涯。市列珠玑，户盈罗绮，竞豪奢。
>
> 重湖叠巘清嘉。有三秋桂子，十里荷花。羌管弄晴，菱歌泛夜，嬉嬉钓叟莲娃。千骑拥高牙，乘醉听箫鼓，吟赏烟霞。异日图将好景，归去凤池夸。

这是柳永词作中不多见的有豪放风格的一首。柳永一改词风，精心创作了这首《望海潮》，原本想博得杭州知州的赏识，弄来一官半职，结果仅换回一顿饭，这让他大失所望。说起来挺有意思的，唐、宋时期的文人用这种方式打开入仕之门，将本来很俗的一件事弄得这么雅致。你看柳永，想做官，不是去送礼，或去拉关系走后门，而是告诉对方：我就是千里马，就看你是不是伯乐了。

唐代也发生过类似的故事。诗人朱庆馀在科举考试之前，写了一首《近试上张水部》七言绝句："洞房昨夜停红烛，待晓堂前拜舅姑。妆罢低声问夫婿，画眉深浅入时无？"这张水部就是诗人张籍，他当时是从五品上的水部郎中，其代表作品《秋思》："洛阳城里见秋风，欲作家书意万重。复恐匆匆说不尽，行人临发又开封。"朱庆馀怕自己考不上，因此以新妇自比，以新郎比张水部，以舅姑比主考官，写下了这首诗，以投石问路。柳永、朱庆馀等这种行为，若是在现在，不知道是否要被扣上一个"跑官"的罪名？

这首《望海潮》没能让柳永得偿所愿，大宋却因此发生了一场灾难，这是柳永始料未及的。我们先看一首诗：

万里车书尽混同，江南岂有别疆封。

提兵百万西湖上，立马吴山第一峰。

这首大气磅礴、逸兴遄飞的诗，是谁作的？岳飞、辛弃疾、陆游……？都不是，是金炀帝完颜亮征讨南宋时，在扬州所作。为何完颜亮对西湖念念不忘？就是听歌妓唱了"三秋桂子，十里荷花"以后，羡慕江南的繁华，起了南侵的野心。

这当然是完颜亮的借口，柳永的词不过是背了黑锅而已，只是在柳永的"浮名"之上添了点"作料"罢了。

（四）

福建崇安县是柳永从小生活的地方。1989 年，崇安县改名为"武夷山市"。这一做法，与将徽州改成黄山市如出一辙。只是不知这么一改，柳永的灵魂还能否找到回乡之路。据说，"武夷山"之名源于传说中的长寿仙翁彭祖的两个儿子：彭武和彭夷。武夷山的秀美山水，赋予了柳永情感和灵气。有人说，在每个死胡同的尽头，都有另一个维度的天空。这话放在柳永身上，何尝不是！在我国人才辈出的文学大家中，死后形成节日祭悼民俗的只有两位：一位是屈原，另一位就是柳永。

民国国学大师王国维在《人间词话》中谈到，"古今之成大事业、大学问者，必经过三种之境界"，其中"第二境"便是"衣带渐宽终不悔，为伊消得人憔悴"。这句大家耳熟能详的词，原创者就是"白衣卿相"柳永，词牌名是《蝶恋花》。在这首著名的词里，柳永借景抒情，表达了自己对生活和感情的坚韧与执着，这也是我会背的第一首柳永词：

伫倚危楼风细细，望极春愁，黯黯生天际。草色烟光残照里，无言谁会凭栏意。

拟把疏狂图一醉，对酒当歌，强乐还无味。衣带渐宽终不悔，为伊消得人憔悴。

柳永出生于官宦世家，少时学习诗词，立下考取功名、经世之志，命运偏偏跟他开了个大玩笑。然而，他没有屈服，反而将无情的命运演绎成多情的人生，乃至于"凡有井水处，皆能歌柳词"。正所谓"失之东隅，收之桑榆"，我想：一个人的得与失，是守恒的，在一个地方失去了，就会在另一个地方找回；就像上帝为你关闭了一扇门，却又为你打开了另一扇窗。

最后，我们从柳永打开的这一扇窗里，读一读他那首著名的代表作吧：

雨霖铃·寒蝉凄切

寒蝉凄切，对长亭晚，骤雨初歇。都门帐饮无绪，留恋处，兰舟催发。执手相看泪眼，竟无语凝噎。念去去，千里烟波，暮霭沉沉楚天阔。

多情自古伤离别，更那堪，冷落清秋节。今宵酒醒何处？杨柳岸，晓风残月。此去经年，应是良辰好景虚设。便纵有千种风情，更与何人说？

宋词之天奇星一根筋贺铸
——红衣脱尽芳心苦

题记

豪似东坡称少侠，贺大鬼头小乌纱。

莫笑奇人一根筋，深夜伴妻挑灯花。

（一）

1101 年，北宋发生了三件至今仍被人们记住的事件。第一件事关赵佶，因兄长赵煦（宋哲宗）膝下无子，他被推上了皇帝宝座，成为北宋第八位皇帝，是为宋徽宗。严格说来，赵佶是 1100 年坐上皇帝宝座的，1101 年改年号为"建中靖国"。

赵佶的命运和李煜颇为相似。李煜是"千古词帝"，赵佶则是书法"瘦金体"的发明人，现在电脑上使用的"仿宋体"即来源于赵佶的字。好在赵佶已经作古，否则他一定会上法院，告有关单位侵权之罪，说不定会获得一笔丰厚的赔偿金。不过，有没有赔偿金也无所谓，这位仁兄的书法价值连城，如果我现在有一幅他的书法真迹的话（先定个小"梦标"），任你房价飞上天，我当气定又神闲。李煜被赵佶的祖先毒死，赵佶父子则被金人折磨而死。李煜是速死，死得痛快；赵佶是缓死，生不如死。所以有人说赵佶是中国历史上最屈辱的皇帝。读他在黑龙江依兰县被囚禁时写的诗，就知道赵佶每天过的是什么日子：

彻夜西风撼破扉，萧条孤馆一灯微。

家山回首三千里，目断山南无雁飞。

这首诗可以用一个词语概括：绝望！后人给李煜的评语是："做个才子真绝代，可怜薄命做君王。"给赵佶的评语则是："宋徽宗诸事皆能，独不能为君耳！"

第二件事是，这一年，伟大的苏轼先生油尽灯枯，病逝于江苏常州。千年生死两茫茫，"不思量，自难忘"。

第三件事是，这一年秋天的一个清晨，透过轻雾，有人发现苏州城来了一个大个子鬼。消息一传开，整个苏州城立即像炸开了锅似的，引起了巨大的轰动。胆小的赶紧锁窗闭户，口念"阿弥陀佛"；胆大的透过门缝，想一睹鬼的真面目。只见这只鬼，身长七尺，眉骨高耸，面色铁青，健步如飞。见过长得难看的，没见过这么难看的！这时，有人突然惊呼："这不是鬼！是前街的贺鬼头回来了。"还有人说："什么贺鬼头，贺你的头哦！它不仅是鬼，而且是只丑鬼。"

这世上当然没有鬼，的确是贺鬼头回来了。在宋代词人中，周邦彦被公认为颜值最高，颜值最低的就是这个比周邦彦大四岁的贺鬼头。贺鬼头，名铸，字方回，据说是唐代著名诗人贺知章的后裔，就是写过"不知细叶谁裁出，二月春风似剪刀"的那位。贺知章是越州永兴（今浙江杭州）人，贺铸出生于今天的河南卫辉，两人好像八竿子打不着。但贺铸自称庆湖遗老，庆湖即镜湖（今浙江绍兴鉴湖），非要跟贺知章扯上关系。扯上就扯上吧，反正两人都姓贺，从这个姓氏去分析，他们俩应该有血缘关系。

贺铸此前北上谒见蔡京，这一年自江淮返回苏州，这本来不是一件值得记录的大事。如果不是他回家后，去了一个地方，并写了一首词，那么在1101年的北宋

大事记里，一定找不到贺铸的名字。到底发生了什么
事情？不妨先透露一点：他那首词得到众多词坛高手
的"围观"，并且好评如潮。

（二）

　　贺铸是宋代知识分子中的一位奇人，除了长相奇
丑外，经历也很神奇。他出身于贵族家庭，是宋太祖
贺皇后的族孙，所娶之妻身份也十分显赫，乃宋宗室
济国公赵克彰之女。这样一个有才华、有能力、有抱
负，还有强硬后台的贵族子弟，一生却官职甚微，郁
郁不得志。是什么原因导致这种情况？我看还是跟贺
铸的性格有很大的关系。至于其性格如何，暂时按下
不表。先看看贺铸去了什么地方，填了一首什么词。

　　贺铸返回苏州后，第一时间去了一个坟地，那是
与他相濡以沫、甘苦与共的妻子赵氏的坟墓。他静静
地坐在坟前，低着头，一面清理坟头上的杂草，一面
喃喃自语，像往常一样，与妻子唠着家常，脑中时不
时浮现妻子冒酷暑为他缝补冬衣的情景。渐渐地，一
首与苏轼的《江城子·乙卯正月二十日夜记梦》齐名的

悼亡词，在内心深处缓缓流出：

鹧鸪天

重过阊门万事非，同来何事不同归？梧桐半死清霜后，头白鸳鸯失伴飞。

原上草，露初晞，旧栖新垅两依依。空床卧听南窗雨，谁复挑灯夜补衣。

贺铸说，老伴啊，我又回来看你了。我现在心里啊，很"蓝瘦"①，直"香菇"②，只觉得物是人非，万事皆非。你太狠心了，与我同来苏州，却又舍我而去。我现在整个人啊，好像霜打的梧桐，半生半死；又好像失伴的鸳鸯，孤独倦飞。尤其是夜晚，我躺在空荡荡的床上，听着窗外淅沥的雨声，满脑子都是你的身影。唉，今后还有谁再为我深夜挑灯补衣啊！呜呜，呜呜……

写到这里，我也很"蓝瘦"，有点"香菇"。这首情真意切、哀伤、动人的悼亡词，是中国文学史上此类题材中的不朽名篇。由此我想，你别看古代人只要

---

① 即难受。
② 即想哭。

经济条件允许就可以三妻四妾，就用现代人的价值观判断古代的女人只是传宗接代的工具，家庭地位一定很低。这种观点太武断了。古代的男人中也有非常重视家庭生活、珍惜夫妻之情的，我们现在能读到的古代文学作品，没有真情实感是无论如何也写不出来的。苏轼的《江城子·乙卯正月二十日夜记梦》也好，贺铸的《鹧鸪天·重过阊门万事非》也罢，读后无不令人动容。因此，对于曾被我们口诛笔伐的所谓封建糟粕的"三纲五常"，是不是应该换一个想法呢？

除了苏轼和贺铸以外，唐代著名诗人、与白居易齐名的元稹也写过一组悼念亡妻之诗——《离思》，总共写了五首，我们看看流传广泛的第四首：

曾经沧海难为水，除却巫山不是云。

取次花丛懒回顾，半缘修道半缘君。

熟悉吧！尤其是头两句，几乎成了热恋中情人的口头禅。沧海之后再无水，巫山之外更无云，在这样的爱情誓言面前，谁不会心动？

长着一脸鬼相的贺铸，却写出如此细腻柔情的词，他是婉约派的词人吧？事实是：No！

（三）

贺铸非常厉害的一点，就是每有佳作，必有外号，这一点和另外一位北宋词人张先有些相似。前文所说的悼念亡妻之作《鹧鸪天·重过阊门万事非》问世后，引起时人一片赞叹之声。

苏轼对贺铸的才华十分欣赏，曾向宋哲宗举荐过他。但这家伙性格过于耿介，集豪士、侠士、狂士于一体，还自称"北宗狂客"，这种人在体制内怎么混啊，必定会四处碰壁！据《宋史》卷四百四十三记载，贺铸喜欢议论当朝大事，批评人不留情面，即使是权倾一时的豪门显要，只要稍不中意，他便会毫不留情地辱骂。这样一个官场情商为零的人，任他才高八斗，如果没有皇族背景，早就进鬼门关了。对同事如此，对古人同样不留情面，贺铸曾经说过："我在笔下驱使着李商隐、温庭筠，常常使他们不停地奔命。"真牛啊，牛得发狂！

然而，狂妄之人必有其过人之处。贺铸的过人之处在于，你讨厌他的鬼脸，却佩服他的鹰眼；你痛恨那张刀子似的嘴，却喜欢那颗豆腐心；你不愿与他做同事，却愿意与他交朋友。只是逝者如斯，今天，我

们只能从贺铸留下的词里，来探视其内心世界。比如
那首《行路难·缚虎手》：

> 缚虎手，悬河口，车如鸡栖马如狗。白
> 纶巾，扑黄尘，不知我辈可是蓬蒿人？衰兰
> 送客咸阳道，天若有情天亦老。作雷颠，不
> 论钱，谁问旗亭美酒斗十千？
> 酌大斗，更为寿，青鬓常青古无有。笑
> 嫣然，舞翩然，当垆秦女十五语如弦。遗音
> 能记秋风曲，事去千年犹恨促。揽流光，系
> 扶桑，争奈愁来一日却为长。

如果你不太明白这首词的意思，没关系，我找到
了一篇白话译文：

> 徒手搏猛虎，
> 辩口若河悬，
> 车像鸡笼，驰马如狗窜。
> 头戴平民白丝巾，
> 黄尘追着飞马卷。
> 谁知我们这些人，

是否来蓬蒿草民间？

道边衰兰泣露送我出京城，

苍天有情也会衰老不忍把眼睁。

谁管旗亭美酒一杯值万钱，

我要痛快淋漓倾酒坛。

鼾如雷鸣行如颠，

只管将来，搬，搬，搬！

倒大杯，满，满，满！

为我们健康，干，干，干！

鬓发常青古未有，

转眼红颜变苍颜。

你看卖酒秦地女，

嫣然一笑有多甜。

翩翩起舞赛天仙，

刚刚十五如花年，

莺歌燕语如琴弦。

记得遗音《秋风辞》，

千年过去，

至今犹恨人生短！

抓住流逝光阴不松手，

把太阳拴在扶桑颠。

无奈忧愁又袭来,

一天一天长一天。①

这首《行路难》集前人诗句为词,标新立异,独树一帜。词意激越,节短而韵长,调高而音凄,对南宋时期豪放派词人的创作,产生了重要影响,"稼轩豪迈之处,从此脱胎"②。从这个意义上说,贺铸还是辛弃疾的师傅呢。

(四)

天不怕地不怕、耿介如石的贺铸,也有棋逢对手的时候。知道米芾吗?就是那个在书法上造诣很高的那位。米芾,外号"米襄阳",个性十分怪异,喜穿唐服,嗜洁成癖,遇石称"兄"并膜拜不已,所以又有人称他为"米颠"。史载米芾六岁熟读诗百首,七岁学

---

①此篇白话译文参考高文炳编著的《唐宋词选译赏析365首》,本书作者对个别词句作了调整。
②出自夏敬观的《手批东山词》。

书，十岁写碑，二十一岁步入官场，是个地地道道早熟的怪才（又一个神童）。你说，如果奇人贺铸，碰到米芾这样的怪才，会是什么情况？是互不买账，火花四溅？还是惺惺相惜，相谈甚欢？抑或斗酒千杯，不醉不返？这真是一个令人兴趣盎然的话题，其让人期待的程度不亚于后来辛弃疾和陈亮的"鹅湖之会"。好在这事史书上真有记载，我就不引原文，直接翻译了吧。不过，我会在中间添加一些"调料"，以增加故事的趣味性。

贺铸和米芾其实经常见面，而且年龄相同。但米芾因早熟和思想怪异而成名在先，两人又都是苏轼的好朋友。固定的套路是，他们每次见面，酒不过三巡，菜不过五味，就会两眼圆睁，拍着手掌，激烈地争辩起来。有一回，他们甚至就谁和苏轼的关系更铁的问题，争论了整整一天，谁都无法说服对方，最后还是由苏轼出来打圆场，"左牵黄，右擎苍"，"为君持酒劝斜阳"。据说，贺、米之争，成为当时文人茶余饭后最精彩的聊天题材，无之则饭、酒不香。

但是，贺铸和米芾争归争、吵归吵，酒照喝、马照跑。不把很多人放在眼里的米芾，还是很敬重贺铸的。尤其是贺铸那首《青玉案》问世之后，米芾更是

佩服得五体投地。下面，我们读读这首一举奠定贺铸
词坛地位的《青玉案》：

> 凌波不过横塘路，但目送芳尘去。锦瑟
> 华年谁与度？月桥花院，琐窗朱户，只有春
> 知处。
> 飞云冉冉蘅皋暮，彩笔新题断肠句。试
> 问闲愁都几许？一川烟草，满城风絮，梅子
> 黄时雨。

贺铸一生怀才不遇，只做过保安、军器库管理员、
酒税征管之类的小官，最后因皇族身份弄了一个五品
待遇。我看这怨不得别人，只怪这家伙口无遮拦，性
格太直，几乎把周围的人得罪光了，要想在政治上获
得更高的平台，无异于缘木求鱼，这就叫性格决定命
运。然而，贺铸又是一个有情怀的文人，耿直的性格
决定他不可能直接伸手要官，只能将自己政治上的不
得志隐晦地表达在诗词里。在这首《青玉案》里，表
面上是对时光流逝的感叹和无奈。但在我看来，准确
理解一首词的内涵，一定要放在大的历史背景之下，
并结合作者的心理活动去分析。以此判断，贺铸的这

首词也是有所寄托的。词中的"美人""香草"历来是高洁之士的象征，贺铸以此自比，隐喻自己清冷孤寂、怀才不遇。这首词之所以受到历代文人的盛赞，"同病相怜"绝对是一个重要原因。

然而，后来因该词而引发的事情更是让贺铸始料不及。

（五）

贺铸的《青玉案》发表之后，点赞的、评论的、唱和的、竖大拇指的、送玫瑰花的，络绎不绝。其中，著名文人黄庭坚更是不吝赞美之辞，当即评论："解作江南断肠句，只今唯有贺方回。"众士大夫也称之为"贺梅子"。贺铸，字方回，又名贺三愁，自称北宗狂客和庆湖遗老。这样一个奇丑之人，居然有这么多外号、雅号，我也是无语了。

然而，这仅仅是一个开始。此后，贺铸先后收到了二十五个粉丝或步其韵唱和，或干脆仿效的二十八首词，这里面不仅有宋人，还有金人，词的影响力居然超出了宋王朝的范围，听说贺铸激动得一连好几天把自己灌得酩酊大醉。也难怪贺铸这么开心，在唐、宋诗词史上，因一首词而吸引众多的，甚至异域的词人来附和，绝对是独一无二的现象。

巨大的声名并没有给贺铸带来好运，山还是那座山，梁还是那道梁，贺铸还是那个不受人待见的贺铸。心灰意冷之下，他留下一首《踏莎行·杨柳回塘》词后，卷起铺盖，回苏州闭门校书去了。

踏莎行·杨柳回塘

杨柳回塘，鸳鸯别浦，绿萍涨断莲舟路。断无蜂蝶慕幽香，红衣脱尽芳心苦。

返照迎潮，行云带雨，依依似与骚人语。当年不肯嫁春风，无端却被秋风误。

唉，想当年我不愿在春花烂漫的时节与百花争芳斗艳，如今却还是无端地被萧瑟的秋风埋没。算了，不陪你们玩了，我本北宗一狂客，从此便是蓬蒿人。

具有讽刺意味的是，一辈子得不到北宋朝廷重用的贺铸，到死时终于交到一次"好运"。1125 年，在江苏常州，当年苏轼去世的房间附近，有一间和尚居住的房子，躺在里面的贺铸吐出最后一口气，撒手西

去。两年后，北宋灭亡。在亡国之前亡身，贺铸终于
不用如辛弃疾"把……阑干拍遍，无人会，登临意"
般痛心疾首了，更不用如陆游般"但悲不见九州同"。

宋词之天颜星铁叫子周邦彦
——情似雨余黏地絮

题记

能歌善词帅书生，京城都说周美成。

好色之胆可包天，敢与皇帝共偷情。

（一）

　　博弈论有一个概念，叫"零和博弈"，又称"零和游戏"。指参与博弈的各方，在严格竞争下，一方的收益必然意味着另一方的损失，博弈各方的收益和损失相加总和永远为"零"。若将这一理论运用到社会生活，也可以说：自己的幸福是建立在他人的痛苦之上，二者的大小完全相等，因而双方都想尽一切办法以实现"损人利己"。若将这一理论运用到对历史人物的评价，就有了忠与奸之分。

很不幸，北宋著名词人周邦彦因这一理论而中招。皆因蔡京已定格为奸臣形象，周邦彦跟他那伙人打得火热，后人便说他名节有污点。按照零和游戏理论，名节有污者即非善类。因此，那么牛的一个诗词大家，其历史地位"泯然众人矣"，名次恐怕进不了前十。然而，现实生活从来都不是非黑即白的。两千多年前，庄子就告诉我们："物无非彼，物无非是。自彼则不见，自知则知之。故曰彼出于是，是亦因彼。"（庄子《齐物论》）我们对于身边的人和事，对于历史人物的评价，神化显然不对，妖魔化同样不可取。

周邦彦其实真牛，牛得连苏轼也要敬他三分。他一生主要的特点，我看可以用"三美一好"来概括。

首先，周邦彦是个美男子。这个喝着杭州西湖水长大的白面书生，"淡妆浓抹总相宜"。据传，被宋徽宗宠爱的京城名妓李师师，也是周邦彦的相好。

其次，周邦彦写得一手美词。我们知道，李清照、柳永是婉约派的代表性人物，而周邦彦被尊为婉约派的集大成者和格律派的创始人，开南宋姜夔、吴文英格律词派先河。其作品在婉约派词人中长期被尊为"正宗"，旧时词论称他为"词家之冠"，王国维甚至说他是"词中老杜"（这种说法我不敢苟同），被公认为"负一代词名"的词人，在宋代影响非常大。

再次，周邦彦精通音乐，擅长美声。他喜爱音乐，不仅能自己谱曲，而且能制作乐府长短句，词韵清新优美，在当时流传很广。知道为什么李师师喜欢他了吧？

周邦彦的"三美"，使他成为当时偶像级明星人物，尤其在广大女性心目中，是可以引起尖叫的"男神"。那"一好"呢？说出来更让人羡慕，就是他命好。周邦彦早期虽有过潦倒奔走的生活，但仕途一直处于稳中有升状态，逐步做到知府，最终成为宋徽宗设立的大晟府的"音乐官员"（我估摸着相当于中央音乐学院院长），上宠下捧，过着滋润舒适的专业创作生活。另外，周邦彦虽生逢北宋之末，但国家破灭的"靖康之变"发生时，他已经归于尘土。否则，凭他与李师师那种不一般的关系，没准会被金兵一并掳到北方遭受凌辱，客死他乡呢！

顺便说一句，周邦彦，字美成，号清真居士。美成，成美，总之都是美。

（二）

要说后人对周邦彦的看法不是特别好，也不是没有道理。因为这位老兄词写得美，格调却不高。其中有两首代表作，据说跟名妓李师师有关：一首是《少年游·并刀如水》，另一首是《兰陵王·柳》。

有一次，李师师正与周邦彦约会，没承想宋徽宗突然驾到。情急之下，周邦彦钻到床下躲了起来（好像哪部电影里有这种镜头）。宋徽宗带来了新贡鲜橙，李师师亲手剥橙，二人分食。三更时分，宋徽宗起身回宫，李师师关切地说："夜已深，马滑霜浓，路上小心。"宋徽宗走后，周邦彦从床底爬了出来，便把刚才所见所闻填成了一首词，这就是《少年游·并刀如水》：

并刀如水，吴盐胜雪，纤指破新橙。锦幄初温，兽烟不断，相对坐调笙。

低声问向谁行宿，城上已三更。马滑霜浓，不如休去，直是少人行。

这件事野史上有记载，是真是假且不去讨论它。但这词写得足显周老兄的深厚功力，短短数语，就把女性机智、狡黠的心理活动，刻画得惟妙惟肖，形象逼真，佩服！你若不服，可以试试。只是，这周邦彦胆子也忒大了。

果然，李师师后来与宋徽宗约会时，竟然当着皇上的面，忘情地把《少年游》这首词唱了出来。宋徽宗何等聪明，一听即明，忙问填词人是谁，李师师不敢隐瞒，供出了周邦彦。周恩来总理曾评价我党历史上被捕变节的向忠发时说："节操还不如一个妓女。"看来这个李师师也不怎么地。第二天，宋徽宗就下令把周邦彦贬出京城。

过了两天，宋徽宗又来访李师师，不遇。不久，李师师眼睛红红的回来了。宋徽宗见状，马上问她是不是去送周邦彦那个混蛋了。看来这赵佶不糊涂，只是对治理国家不上心。李师师点点头。宋徽宗接着问："那个臭小子又写了什么东西？"李师师说填了一首《兰陵王·柳》。宋徽宗让她唱来听听，李师师唱道：

> 柳阴直，烟里丝丝弄碧。隋堤上，曾见几番，拂水飘绵送行色。登临望故国，谁识京华倦客？长亭路，年去岁来，应折柔条过千尺。

闲寻旧踪迹，又酒趁哀弦，灯照离席，梨花榆火催寒食。愁一箭风快，半篙波暖，回头迢递便数驿，望人在天北。

凄恻，恨堆积。渐别浦萦回，津堠岑寂。斜阳冉冉春无极。念月榭携手，露桥闻笛。沉思前事，似梦里，泪暗滴。

统观全词，明写柳，实送别，萦回曲折，似浅实深，仿佛有吐不尽的心事流淌其中，其景语、情语，都很耐人寻味。宋徽宗听了以后，觉得周邦彦这个人才难得，就赦免了他，还让他做了专管乐舞的大晟府提举。看来我小瞧了宋徽宗的度量，更冤枉了李师师，她这一条"曲线救周"的计策的确耐人寻味。

（三）

周邦彦是善于使用艺术语言的大师，在高手如云的大宋词坛显得出类拔萃，这应该跟他擅长音律有关。他的过人之处在于，能够运用优美的词语来创造生动的形象，有时精雕细刻，富艳精工；有时运用典故，将古人的诗句入词，并赋予新的意境。如 1089 年，周邦彦离开庐州（今安徽合肥）时，因留恋当地的人和景，创作了一首《玉楼春》：

桃溪不作从容住，秋藕绝来无续处。当时相候赤栏桥，今日独寻黄叶路。

烟中列岫青无数，雁背夕阳红欲暮。人如风后入江云，情似雨余黏地絮。

这首词是描写仙凡恋爱的。开头引用东汉刘、阮遇仙之典故，轻写一笔，委婉动人，"桃溪"和"秋藕"一暗一明，分指春、秋；而"赤栏桥""黄叶路"又是一暗一明，仍分指春、秋，皆暗喻昔今不同。全词句句含情，字字含情，前后照应，累累如珠。若能谱成曲子，一定是情意绵绵，让人愁肠百结。

然而，真正让周邦彦一举成名，奠定其词坛地位的，却是另外一首词。这首词既未用典，也未翻新前人的诗句，主要用生活中提炼出的词语，准确而又生动地表现出荷花的神韵，以此抒写自己的乡愁，有一种从容雅淡、自然清新的风韵。这首词便是《苏幕遮·燎沉香》：

燎沉香，消溽暑。鸟雀呼晴，侵晓窥檐语。叶上初阳干宿雨，水面清圆，一一风荷举。

故乡遥，何日去？家住吴门，久作长安旅。五月渔郎相忆否？小楫轻舟，梦入芙蓉浦。

强烈建议各位仔细品品这首词，尤其是在深圳工作的人，大多背井离乡，有思乡情结。周邦彦这首《苏幕遮》，"清水出芙蓉，天然去雕饰"。写景、写人、写情、写梦皆语出天然，不加雕饰却风情万种。通过对清圆的荷叶、五月的江南、渔郎的轻舟等情景进行虚实变幻的描写，思乡之苦表达得淋漓尽致。"叶上初阳干宿雨，水面清圆，一一风荷举"被誉为写荷名句，王国维在《人间词话》中称赞此语"真能得荷之神理"。寥寥几笔，将荷的摇曳多姿、神清骨秀写尽，营造了一种清新、恬静的境界。

比较遗憾的是，词曲大家周邦彦，其词在流传，曲却随人亡。这种现象在柳永身上也发生过，当年"凡有井水处，皆能歌柳词"，后来也是人亡曲息。原因何在？若有知情者，敬请赐教！

宋词之天瘦星镇三神李清照
——花自飘零水自流

题记

赌场酒桌论输赢，词坛江湖任我行。

千古才女李易安，笑看须眉镇三神。

（一）

宋代词人，我最爱的非苏轼莫属；苏轼以降，当属号称"易安居士"的李清照。李清照的词，清新婉约，独成一家。加上她与丈夫赵明诚妇唱夫随的花絮，让人感到这是神仙眷侣；再加上她与张汝舟的百日婚姻，李清照的坎坷身世令人唏嘘。有人说，她酗酒，其留存下来的四十五首词里，有二十四首与酒有关，超过总数的一半。下文再具体说说，先按下不表。

曾经有人告诉我，李清照是位从未输过的赌神，我尚半信半疑。今日读其散文《打马图经序》，果然如此。现将原文抄录如下，并附上译文，请大家品评。我以为这篇散文没有收录于《古文观止》绝对是一大缺憾，其议论之精准，文笔之精妙，逻辑之缜密，堪称古文中的精品。我们先欣赏原文：

慧则通，通即无所不达；专则精，精即无所不妙。故庖丁之解牛，郢人之运斤，师旷之听，离娄之视，大至于尧、舜之仁，桀、纣之恶，小至于掷豆起蝇，巾角拂棋，皆臻至理者何？妙而已。后世之人，不惟学圣人之道不到圣处；虽嬉戏之事，亦不得其依稀仿佛而遂止者多矣。夫博者，无他，争先术耳，故专者能之。予性喜博，凡所谓博者皆耽之，昼夜每忘寝食。且平生多寡未尝不进者何？精而已。

自南渡来，流离迁徙，尽散博具，故罕为之，然实未尝忘于胸中也。今年冬十月朔，闻淮上警报，江浙之人，自东走西，自南走北，居山林者谋入城市，居城市者谋入山林，旁午络绎，莫不失所。易安居士亦自临安溯流，涉严滩之险，抵金华，卜居陈氏第。乍释舟楫而见轩窗，意颇适然。更长烛明，奈此良夜何？于是博弈之事讲矣。

且长行、叶子、博塞、弹棋，近世无传。若打揭、大小猪窝、族鬼、胡画、数仓、赌快之类，皆鄙俚不经见。藏酒、摴蒲、双蔍融，近渐废绝。选仙、加减、插关火，质鲁任命，无所施人智巧。大小象戏，弈棋，又惟可容二人。独采选、打马，特为闺房雅戏。尝恨采选丛繁，劳于检阅，故能通者少，难遇勍敌；打马简要，而苦无文采。

按打马世有二种：一种一将十马者，谓之"关西马"；一种无将二十马者，谓之"依经马"。流行既久，各有图经凡例可考；行移赏罚，互有同异。又宣和间人取二种马，参杂加减，大约交加侥幸，古意尽矣。所谓"宣和马"者是也。予独爱"依经马"，因取其赏罚互度，每事作数语，随事附见，使儿辈图之。不独施之博徒，实足贻诸好事，使千万世后知命辞打马，始自易安居士也。

时绍兴四年十一月二十四日，易安室序。

李清照说，人如果聪慧，思路就会开阔，思路一开，知道的就越多；人如果专心，造诣就会精深，通晓的奥秘也会越多。可是，如此简单的道理，很多人就是不明白，乃至于不仅圣人之道学不到家，连游戏之事，也只是得其皮毛就止步不前。其实，赌博没有别的诀窍，就是找到争先的办法而已，只有专心致志的人才能学好。你不得不佩服李清照思维缜密，把道理讲得头头是道，甚至将围棋术语中的"争先"活学活用到赌博之中，真是位聪明的女性。

李清照承认：我天性喜欢赌博，只要是赌博我就沉迷于其中，甚至到了废寝忘食的地步（不知赵明诚如何受得了）。不过我赌了一辈子，不论多少，每赌必赢，这是为什么呢？不过是因为我玩得精罢了。如此坦诚，李清照真是性情中人。我很想知道她的丈夫对此是什么态度，可惜找不到有关材料。不过，从他们良好的夫妻感情可以推断，赵明诚对老婆的这一嗜好，一定是不反对、不干预。

李清照接着回忆：今年（1134）10 月初，我跟着逃难的人从临安沿着钱塘江往上，经过子陵滩，到了金华，住在一个姓陈的人家里。白天还好说，每到晚上，夜长烛明，怎么打发呢？只有赌博了。我想，李清照此时赌博的心态，是苦而非乐。

李清照还介绍，自己最喜欢玩的赌博叫打马。打马分两种：一种是一将十马，叫关西马；一种是没有将，二十马，叫依经马。（没听说过，是不是失传了？）而且还自豪地说，我特别喜欢依经马，并把它的赏罚规则研究得十分透彻，在每条规则后面写上注意事项，还让子侄辈们画上图案。她要让后世之人都知道，命辞打马的，是从我李清照开始的。

这真是个奇女子，不仅善赌，而且善于总结概括，甚至还不忘保护知识产权。借用一位伟人的话，就是以"革命"的理论指导"革命"的实践。然而，真正令李清照载入史册的，不是她的赌技，而是她的词艺。

（二）

二十多年前，我第一次去济南，这个号称"泉城"的城市没有给我留下什么印象。在趵突泉公园，我意外地发现这里是李清照旧居所在地，瞻仰一番后，我买了一本《漱玉词》，这是第一次济南之行的唯一收获。

读李清照的词，我有两大疑惑：一是她酷爱赌博，经常没日没夜地玩，难道是赌场给了她填词的灵感？二是她酷爱饮酒，现存的词里有一半以上跟酒有关，难道是因为生活不幸福，心情苦闷以酒浇愁吗？第一条显然不是，因为除了那篇《打马图经序》，在她的其他词作里找不到有关赌场的描写。第二条好像有些道理。因为李清照后半生孤苦伶仃，加上南宋朝廷偏安一隅，她看不到任何希望；又匆忙嫁给张汝舟这个无赖，百日之后，上告提出离婚，她还因此蹲了九天大狱。

李清照的前半生，可谓妇唱夫随，幸福得不得了。丈夫赵明诚喜欢收藏，是金石学家，于填词却不甚了了。听到别人老是夸自己的媳妇所填之词如何如何的好，甚至经常被人介绍"这是李清照的丈夫"，感觉面子上有些挂不住，便勤学苦练，学起填词来。一段时间过去，觉得功德圆满，便动起了跟媳妇比试的念头。一日，好友来访，赵明诚便将自己呕心沥血的五十首作品，加上偷偷塞进的自己媳妇的一首词，一并呈给好友评鉴。好友阅罢，说这些词总体还过得去，但有一首却是上乘之作，其中那句"莫道不消魂，帘卷西风，人比黄花瘦"，简直让人拍案叫绝。赵明诚听罢，完全为自己的媳妇所折服，因为好友推崇之词，正是他媳妇李清照的《醉花阴》。夫妻之间发生这样的趣事，是不是羡煞人也？下面，我们看看这首《醉花阴·薄雾浓云愁永昼》：

薄雾浓云愁永昼，瑞脑消金兽。佳节又重阳，玉枕纱厨，半夜凉初透。

东篱把酒黄昏后，有暗香盈袖。莫道不消魂，帘卷西风，人比黄花瘦。

这首《醉花阴》也跟酒有关："东篱把酒黄昏后，有暗香盈袖。"酒神才女李清照，到底还写了什么与酒有关的词，还是下回分解吧。

（三）

李清照出身于官宦之家，从小受到良好的教育，不仅有女性的细腻，而且深受齐鲁文化的熏陶，具有山东人的大气。因仰慕陶渊明，取其《归去来兮辞》一文中的"审容膝之易安"而自号为"易安居士"，并为自己的住处题名为"易安室"，故被称为"李易安"，她独具一格的词体被称为"易安体"。清人王士禛说："婉约以易安为宗，豪放惟幼安称首。"幼安者，辛弃疾也。在男性词人占主导地位的宋代，乃至历朝历代，易安都能与幼安并称，足见其在词坛的地位之高。

李清照有个雅号，叫"李三瘦"，与其三首词有关。

这第一"瘦"是《如梦令》，它是一首流传很广的词：

> 昨夜雨疏风骤，浓睡不消残酒。试问卷帘人，却道海棠依旧。知否，知否？应是绿肥红瘦。

第二"瘦"是《醉花阴》，上文已说过，不妨再读一遍：

> 薄雾浓云愁永昼，瑞脑消金兽。佳节又重阳，玉枕纱厨，半夜凉初透。
> 东篱把酒黄昏后，有暗香盈袖。莫道不

消魂，帘卷西风，人比黄花瘦。

第三"瘦"则是《凤凰台上忆吹箫》，也是李清照的代表作之一，较长但好记：

　　香冷金猊，被翻红浪，起来慵自梳头。任宝奁尘满，日上帘钩。生怕离怀别苦，多少事，欲说还休。新来瘦，非干病酒，不是悲秋。

　　休休，这回去也，千万遍阳关，也则难留。念武陵人远，烟锁秦楼。惟有楼前流水，应念我，终日凝眸。凝眸处，从今又添，一段新愁。

北宋有位词人张先，因为他的词中有三句带"影"字，世称"张三影"，分别是"云破月来花弄影"（《天仙子》），"娇柔懒起，帘压卷花影"（《归朝欢》），"柳径无人，堕轻絮无影"（《剪牡丹》）。张先词中"影"字用得巧，李清照词中"瘦"字用得妙。李清照能把"瘦"字用得这样精致，还是因为有酒。你看第一"瘦"，昏睡了一晚，酒意还未消除，醉眼蒙眈中，花似人，人似花，一会儿红，一会儿绿，你可以闭着眼睛想象那场景，非常有意思。第二"瘦"和第三"瘦"，想必是因为丈夫赵明诚不在，李清照独守空闺，百无聊赖，只好借酒消愁，用"瘦"字表达内心的凄苦，读后令人动容。

李清照还会因喝多了酒，而忘记了回家的路。这种事大多数人会因觉得太丢人而三缄其口，尤其是女性。李清照却是个性情中人、坦荡之人，对此不以为然，让人倍感真实、可爱。

如梦令

常记溪亭日暮，沉醉不知归路。兴尽晚回舟，误入藕花深处。争渡，争渡，惊起一滩鸥鹭。

现实生活中有太多的粉饰和虚伪，李清照能够这样真实地表达，而且是揭自己的短，非常人之所为也。有人说李清照是个酒鬼，哪有大家闺秀的样子！我以为，酒神与酒鬼的区别在于：酒神把酒当成诗，酒鬼把酒当成酒。酒神可以独酌，"举杯邀明月，对影成三人"；酒鬼只能群娱，在推杯换盏中寻找心灵的慰藉。

李清照是酒神才女，词中有酒，酒中有词。她也经常独酌，以此抒发自己的苦闷。当然，现实生活中，很多人都会独酌，包括我自己。只是，我一喝酒，就会头脑发热，心跳加速，然后倒头就睡；而李清照独酌，却文思敏捷，妙语连珠。唉，人比人，气死人！不比了，还是去欣赏李清照的酒后妙词吧。

（四）

安徽池州，长江边一座美丽的城市。这里有我国四大佛教名山之一的九华山；有唐代诗人杜牧在此任刺史时，写下的那首家喻户晓的《清明》诗；还有李白泛舟时，留下"白发三千丈，缘愁似个长"千古佳句的秋浦河。

池州，也是赵明诚夫妇命运的转折点。那一年，赵明诚接到朝廷诏书，辞别妻子李清照，只身赴建康（今南京）面圣后上任。谁知，上任途中，赵明诚身染重疾，到了建康后，终告不治。接到消息的李清照，一日夜行三百里赶到丈夫身边。不久后，赵明诚离开了人世。李清照悲痛欲绝，带上丈夫的收藏和金石资料，开始了后半生颠沛流离的生活。

从池州往东两百多公里的地方是安徽和县。公元前202年，西楚霸王项羽带领八百人马，突出重围，来到和县的乌江江畔，自刎而亡。那年夏天，途经此地的李清照，有感于项羽的大丈夫气概，提笔写下了豪气干云的《夏日绝句》：

生当作人杰，死亦为鬼雄。

至今思项羽，不肯过江东。

南宋朝廷的逃跑行为，让李清照倍加欣赏项羽宁死也不愿苟活的英雄本色。她的老乡辛弃疾，也空有一腔报国之志，只得慨叹"却将万字平戎策，换得东家种树书"。李清照敢于以下犯上，借古讽今，充分展现了她的胆量和气魄，这在历朝历代也不多见。

1130年，李清照随逃亡大军，乘船在海上避难。晚上，她做了一个梦，第二天，便依梦境写出了一首豪放风格的《渔家傲》：

天接云涛连晓雾，星河欲转千帆舞。仿佛梦魂归帝所。闻天语，殷勤问我归何处。

我报路长嗟日暮，学诗谩有惊人句。

九万里风鹏正举。风休住，蓬舟吹取三山去。

这首词把真实的生活感受融入梦境，把屈原的《离骚》、庄子的《逍遥游》乃至神话传说融入词中，使梦幻与生活、历史与现实融为一体，构成气度恢宏、格调雄奇的意境，充分显示了李清照性情中豪放不羁的一面。

1135 年，李清照辗转来到浙江金华。在金华期间，她游览了双溪和八咏楼。在这两个地方，她留下了两首风格迥异的诗词。先看那首婉约的《武陵春·春晚》：

风住尘香花已尽，日晚倦梳头。物是人非事事休，欲语泪先流。

闻说双溪春尚好，也拟泛轻舟。只恐双溪舴艋舟，载不动，许多愁。

与《武陵春·春晚》词风完全不同的，是李清照游八咏楼时所作的七言绝句《题八咏楼》：

千古风流八咏楼，江山留与后人愁。

水通南国三千里，气压江城十四州。

金华八咏楼虽未被列入四大名楼，但与四大名楼相比绝不逊色，有兴趣的朋友可以"百度"一下。李清照的这首七言绝句，大气磅礴、雄浑开阔，寄托了作者对美好河山的无限热爱。

研究李清照，你会发现，她既是常胜赌客，也是善饮酒神，还是诗词大家。而这些不同的角色居然集中在一位女性身上，用现在的话说，简直是"碉堡"①了。除了钦佩、仰视和向往之外，还能有什么其他看法呢？这样的女性"神人"，不鸣则已，一鸣惊人；所展示的豪气，没有丝毫的掩饰和做作；所展露的家国情怀，是发自内心的，是无比奔放和豪迈的！

尽管李清照不时展现出豪迈的一面，毕竟还是位女性，她也有很多词作充满了女性的细腻情感，如那首脍炙人口的《一剪梅》：

红藕香残玉簟秋。轻解罗裳，独上兰舟。

云中谁寄锦书来？雁字回时，月满西楼。

花自飘零水自流。一种相思，两处闲愁。

此情无计可消除，才下眉头，却上心头。

---

①即非常厉害。

（五）

李清照生于 1084 年，父亲李格非是苏轼的学生。在她四十六岁那年，即 1129 年，丈夫赵明诚病故。对于一个女人来说，幼年丧父、中年丧夫、老年丧子，乃人生三大不幸。中年丧夫的李清照，在遭受了巨大的痛苦的同时，也深深体会到世态的炎凉。南宋朝廷软弱，不求进取，偏安一隅，致使国土沦丧，百姓遭殃，对于刚经历丧夫之痛的李清照来说，更是雪上加霜。

于是，李清照更加思念已经驾鹤西去的丈夫赵明诚。她的脑海里，全部是与赵明诚妇唱夫随、琴瑟和鸣的一幕幕情景。有一天晚上，李清照想起几年前的七夕之夜，因思念在外地做官的丈夫而写下的那首《行香子·七夕》，顿时愁肠百结，悲从中来。昏黄的孤灯之下，李清照满含热泪，轻轻吟咏着那首词：

草际鸣蛩，惊落梧桐。正人间天上愁浓。云阶月地，关锁千重。纵浮槎来，浮槎去，不相逢。

星桥鹊驾，经年才见。想离情别恨难

穷。牵牛织女，莫是离中。甚霎儿晴，霎儿
雨，霎儿风。

人生不就是这样吗？"甚霎儿晴，霎儿雨，霎儿
风"，风雨难测，阴晴不定。即便如此，我这个已进入
老年、国破家亡的老太婆，又能怎么样呢？我也渴望
如"梁红玉擂鼓战金山""生当作人杰，死亦为鬼雄"。
可是，明诚啊，我现在只能步履蹒跚，寻你而去。尽
管一路上冷冷清清，我依然寻寻觅觅，你知道那路上
是多么的凄凄惨惨戚戚啊！夜晚的秋风，已有很深的
凉意，那就喝几杯吧！可是，"三杯两盏淡酒，怎敌他
晚来风急！雁过也，正伤心，却是旧时相识"。此时，
李清照的杯中，绝对不是酒，而是一颗凄苦、孤独之
心，"守著窗儿，独自怎生得黑！梧桐更兼细雨，到黄
昏，点点滴滴。这次第，怎一个愁字了得"。写不下去
了，还是让我们欣赏李清照这首经典词作吧：

声声慢·寻寻觅觅

寻寻觅觅，冷冷清清，凄凄惨惨戚戚。
乍暖还寒时候，最难将息。三杯两盏淡酒，
怎敌他晚来风急！雁过也，正伤心，却是旧

时相识。

满地黄花堆积，憔悴损，如今有谁堪摘？守著窗儿，独自怎生得黑！梧桐更兼细雨，到黄昏，点点滴滴。这次第，怎一个愁字了得！

大约在 1151 年，"千古第一才女"李清照，怀着对死去亲人的绵绵思念和对故土难归的无限失望，在极度孤苦、凄凉中，悄然辞世，享年至少六十八岁。

宋词之天痴星狂放翁陆游
—— 曾是惊鸿照影来

题记

沈家园内惊鸿影，钗头凤里写痴情。

八十六年不曾改，策马平戎山河心。

（一）

　　1987 年的春天，我到浙江省上虞县档案馆实习。上虞，是传说中舜帝会百官的地方，记得当时县城所在镇就叫百官镇。流经上虞的曹娥江，因东汉时孝女曹娥投江救父而得名。上虞县隶属于绍兴市，现在已成为绍兴市辖区。正是由于这次实习，让我有机会游览绍兴。

　　第一次绍兴之行的主要收获，概括起来就是"四个一"，即打了一场架，作了一场秀，记了一句话，背了一首词。这打架的事就不细说了，故事发生在上虞汽车站，结果是我们都无恙。作秀的地点位于绍兴市咸亨酒店门口，我们一行几个同学，模仿着孔乙己，穿着大长袍，戴着瓜皮帽，吃着茴香豆，照了一张相，只可惜找不到当时的相片了。在绍兴游玩时，当地人告诉我们，在绍兴城走路，步子要迈轻一点，否则，随时会惊动一个名人的梦。将近三十年了，我还牢牢地记着这句话。

至于那首词，是在沈园游览时看到的，词牌为《钗头凤》。通过这首词，我不仅了解到宋代诗人陆游与唐婉之间那段刻骨铭心的爱情，也领略到陆游性格中的纯"痴"。我们不妨先读读这首《钗头凤》：

红酥手，黄縢酒，满城春色宫墙柳。东风恶，欢情薄。一怀愁绪，几年离索。错，错，错！

春如旧，人空瘦，泪痕红浥鲛绡透。桃花落，闲池阁。山盟虽在，锦书难托。莫，莫，莫！

陆游与唐婉结婚三年后，因母命难违，而与她分手。十年后，二人在沈园不期而遇，相互深深一瞥便匆匆离去，陆游百感交集，在沈园墙壁上写下了这首千古绝唱。又过了一年后，唐婉带着莫名的憧憬再次来到沈园，看到陆游留下的笔墨，无限惆怅，泪流满面，提笔在陆词之后和了一首《钗头凤》：

世情薄，人情恶，雨送黄昏花易落。晓风干，泪痕残。欲笺心事，独语斜阑。难，难，难！

人成各，今非昨，病魂常似秋千索。角声寒，夜阑珊。怕人寻问，咽泪装欢。瞒，瞒，瞒！

这首和词，唐婉写得如泣如诉，万般无奈而又愁肠百结，不久后便郁郁而逝。

陆游八十五岁那年，有一天感到精神尚可，准备上山采药，后因体力不支便折往沈园。此时沈园又经过了一番整理，景物大致恢复旧观，陆游满怀深情地写下了最后一首关于沈园的情诗：

沈家园里花如锦，半是当年识放翁。

也信美人终作土，不堪幽梦太匆匆。

从二十多岁与唐婉分开，一个甲子过去，陆游仍然痴心不改，其用情之深从古至今有几人能及？实际上，陆游七十五岁赋闲在家时，经常在沈园的幽径踽踽独行，回忆着深深刻在脑海中的那惊鸿一瞥，他写道：

城上斜阳画角衰，沈园非复旧池台。

伤心桥下春波绿，曾是惊鸿照影来。

正是"莫说相公痴，更有痴似相公者"！

（二）

陆游之痴，不仅表现在情感上，在个人信念上也体现得非常充分。

陆游生活的年代，金人觊觎南宋，边境烽火不断。文盛武弱的南宋王朝，一退再退，只有招架之功，没有还手之力，甚至连还手之心也不敢有。从小受正统文化教育的陆游，始终抱着报效南宋王朝的坚定信念，"上马击狂胡，下马草军书"，是终身主战派。临终之前，还不忘作诗嘱托子女：

死去元知万事空，但悲不见九州同。

王师北定中原日，家祭无忘告乃翁。

我认为，这是我国历史上境界最高、格局最大、最具正能量的遗嘱。

在主和派占上风的南宋，主战派陆游的命运注定坎坷。直到四十六岁时，才到四川的军队工作，而且仅仅干了八个月。这八个月，是陆游一生中最舒心痛快的日子。他下边关，"楼船夜雪瓜州渡，铁马秋风大散关"；他制平戎策，如鱼得水，尽情施展自己的才华，努力追逐自己的梦想。这段时间，陆游创作了大量的诗词，并编辑成册，取名《剑南诗稿》。此种痴情，令人钦佩，也令人感动。

"木秀于林，风必摧之。"陆游的志向和才华，招到不少人的非议和嫉妒。就像当年考科举时，因得第一，压过秦桧之孙秦埙，而让秦桧怀恨在心，最终被秦桧做了手脚，失去了高中进士的机会。直到秦桧死后，才被宋孝宗赐进士出身。有朝臣投诉陆游太狂放，不把他放在眼里，陆游偏不买账，反而给自己取号"放翁"，并且以梅自喻，写下了那首著名的《卜算子·咏梅》：

> 驿外断桥边，寂寞开无主。已是黄昏独自愁，更著风和雨。
> 无意苦争春，一任群芳妒。零落成泥碾作尘，只有香如故。

近八百年后，一位有雄才伟略的政治家、军事家和思想家，也写了一首《卜算子·咏梅》，我们不妨比照一下：

> 风雨送春归，飞雪迎春到。已是悬崖百丈冰，犹有花枝俏。
> 俏也不争春，只把春来报。待到山花烂漫时，她在丛中笑。

1192 年 11 月 4 日之夜，六十八岁的陆游躺在山阴（今浙江绍兴）老宅里，窗外北风劲吹，一场少见的冬雨，把他的思绪拉向那金戈铁马的岁月。过了好久，仍觉思绪难平，便披衣下床，提笔写诗，诗名为《十一月四日风雨大作》：

　　僵卧孤村不自哀，尚思为国戍轮台。

　　夜阑卧听风吹雨，铁马冰河入梦来。

壮哉！陆游。变的是容颜，不变的是情怀！

（三）

没经过严格考证，仅凭感觉，我认为，在我国古代文人中，陆游至少能拿到一项冠军，就是作品留存数量最多。现存诗歌九千三百多首，词一百四十五首。

陆游拿到这个全国性荣誉的主要原因，我认为就是两个字：心态——一种"穷则独善其身，达则兼济天下"的平稳心态。如被秦桧打压而失去功名，不哭不闹更不会上吊，而是背起行囊，二话不说回家接着读书；被朝臣投诉狂放，干脆称自己为"放翁"。另一位词坛牛人辛弃疾任绍兴知府时，经常到前辈陆游家彻夜长谈，看到陆游的居住条件简陋，提出为其修缮，被陆游婉言谢绝。不论花开花落、云卷云舒，陆游既不会"漫卷诗书喜欲狂"，也不会"忍把浮名，换了浅斟低唱"。有一天，陆游去山西边的小村游玩，看到家家户户喜庆的样子，诗兴大发，写下《游山西村》：

> 莫笑农家腊酒浑，丰年留客足鸡豚。
>
> 山重水复疑无路，柳暗花明又一村。
>
> 箫鼓追随春社近，衣冠简朴古风存。
>
> 从今若许闲乘月，拄杖无时夜叩门。

心态平和的陆游有时也会发牢骚，只是比较含蓄。淳熙十三年（1186），已赋闲在家五年的陆游，接到朝廷任命他为严州（今浙江建德）知州的通知，便匆匆赶往临安（今杭州），后来住在西湖边的一家客栈里，等待皇帝的召见。百无聊赖的等待，伴着春雨，让陆游萌生了归隐的念头。于是，写下了广为传诵的《临安春雨初霁》：

> 世味年来薄似纱，谁令骑马客京华？
>
> 小楼一夜听春雨，深巷明朝卖杏花。

矮纸斜行闲作草，晴窗细乳戏分茶。

素衣莫起风尘叹，犹及清明可到家。

心境决定心态。即便是牢骚，也能把它看得那么淡雅，淡得让你感觉不到这是牢骚，而是一幅温馨的图画。甚至连当时的宋孝宗也没有听出弦外之音，对其大加赞赏，说这诗写得很好，尤其是那句"小楼一夜听春雨，深巷明朝卖杏花"。

生态不平衡就会有天灾，心态不平衡就会有人祸。我想，陆游一生那么爱写诗词，量大但上乘之作少，其实他是想通过写作，来宣泄自己的情绪，并以此作为平衡自己心态的手段。这不，陆游说了，既然不能"上马击狂胡"，那我就回家去《读书》：

归志宁无五亩园，读书本意在元元。

灯前目力虽非昔，犹课蝇头二万言。

这句"灯前目力虽非昔，犹课蝇头二万言"，正是让我重新提笔著文的鞭策之言。感谢陆游，让我再次享受到"犹课蝇头二万言"的乐趣！

❷ 宋词之天雄星玉面侠辛弃疾
——生子当如孙仲谋

题记

文心侠胆驱匈奴，万军丛中擒叛徒。

栏杆拍遍无人会，奈何豪情寄鹅湖。

（一）

1161 年夏日，济南府，一位身材壮实、满面风霜的中年男子，在晒谷场临时搭建的平台上，对着台下黑压压的群众，发表演讲。他叫耿京，是当地的一位农民，因不堪金人苛捐杂税的骚扰，效陈胜揭竿而起。耿京颇有组织能力，带领起义军很快攻占了莱芜、泰安等地，影响越来越大，一时间响应者云集。在众多响应者当中，有一位英俊的翩翩公子显得与众不同，

耿京看他文化水平很高，便安排在自己身边任掌书记
（相当于机要秘书）。

用这种方式登上历史舞台，并最终成为词坛宗主
的，就是这位机要秘书，姓辛，名弃疾，字幼安，号
稼轩。那一年他刚刚二十二岁。1162 年的正月，耿京
率起义军收复了东平（今山东东平）。这时候，金军
正在进攻两淮地区，无暇顾及起义军。利用这一机会，
耿京派诸军都提领贾瑞、掌书记辛弃疾等奉表南下。
结果他们在建康见到了来此劳军的宋高宗，宋高宗得
知在丢失的土地上，还有一支义勇军，而且搅得风生
水起，非常高兴，于是封耿京为天平军节度使，知东
平府兼节制京东、河北路忠义兵马。起义军摇身一变，
成了"国军"。这可是当年在梁山泊聚众起义的宋江，
梦寐以求而难以实现的事啊！

接下来发生的事更是传奇。辛弃疾等领了皇恩，
返回山东时，得知老大耿京被部下张安国出卖，丢了
性命。你猜辛弃疾这时是什么反应？报仇！恭喜你，
答对了。问题是：这仇怎么报？身边只有区区几人，
到金军大营找叛徒，等于去送死。折返建康搬救兵？
朝廷自顾不暇，门儿都没有。进亦忧，退也愁，这仇
何时能报啊？在大家面面相觑之际，辛弃疾豪气顿生。

他收集散落的队伍，挑选了五十名善骑者，大声告诉他们：今晚劫营，杀叛徒！

那天晚上，济州（今山东巨野）的金军大营灯火通明，张安国和金军主帅在中军帐里推杯换盏，喝得面红耳赤、不亦乐乎。这时，一支五十人的骑兵小队，悄悄来到兵营外。突然，领头的辛弃疾一声口令，五十名士兵同时高举马鞭，朝马屁股狠狠抽去，风驰电掣般直奔金兵主将大帐。还没等金兵们明白是怎么回事，辛弃疾已生擒了张安国这个叛徒，并带领下属立即返身杀出营外。我的天啊！居然是全身而退。

这是评书演义，还是电影大片？——No！这是一段真实的历史。后来，叛徒张安国被押解回临安，经过审判，被立即处死。辛弃疾失意闲居于信州（今江西上饶）时，经常与同是豪放派词人的知己好友陈亮诗词往来，一唱一和。其中一首《破阵子·为陈同甫赋壮词以寄之》，我认为就讲了辛弃疾年轻时闯营擒叛徒的故事：

> 醉里挑灯看剑，梦回吹角连营。八百里分麾下炙，五十弦翻塞外声。沙场秋点兵。
> 马作的卢飞快，弓如霹雳弦惊。了却君

王天下事，赢得生前身后名。可怜白发生！

只是那一次，没有了却君王天下事，但了却了老大报仇事，且为自己赢得了生前身后之名。

（二）

辛弃疾闯敌营擒叛徒的行为，如果放在大汉王朝，最多占据一次"今日头条"，成为人们茶余饭后谈论几日的小事件；但放在不求进取的南宋，则是惊天之举。对汉代历史比较熟悉的朋友，应该知道，大汉王朝是崇尚个人英雄主义的年代。这一时期，涌现了许多后人津津乐道的英雄人物，如出使西域的张骞，在贝加尔湖畔牧羊十九年的苏武，率领三十六人闯虎穴杀匈奴使者的班超……这些都是大家熟悉的。再说一个大家不熟悉但比班超更牛的人，他叫傅介子，当时担任骏马监，也就是"弼马温"，是个非常小的芝麻官。让匈奴胆寒的汉武大帝去世后，刘弗陵（汉昭帝）继位。西域一些国王认为汉朝大势已去，龟兹、楼兰等国干脆投靠了匈奴，并在匈奴的支持下抢汉商、杀汉使。

还记得西汉猛男陈汤那句话吗——"犯强汉者，虽远必诛！"

傅介子出马了，奉皇命抵达楼兰、龟兹，一见面，就对这两国的国王一顿臭骂。可怜的两个国王唯唯诺诺，像做错了事的孩子，低着脑袋说：我们服罪！但这都是没办法的事，匈奴逼得紧啊！傅介子二话不说，找到匈奴使者，毫不犹豫地把匈奴使者杀了。后来，傅介子觉察到楼兰王阳奉阴违，心里很不爽，便使计和他一起喝酒，席间，让手下两个壮士直接抹了楼兰王的脖子。最后还带着楼兰王的脑袋，大摇大摆地回到了长安。

我不明白这样的英雄人物，我们的历史教科书为什么没有提到。但我知道，辛弃疾一定非常熟悉汉代历史，也一定渴望像霍去病、卫青、傅介子、班超等一样去建功立业，尤其是霍前辈，更是他的偶像。然而，返回临安的辛大侠，虽然轰动朝野，万人敬仰，个个以一睹其风采为荣，但懦弱的南宋朝廷，只想苟安，不想有所作为，并没有给他领军征讨金军的机会，而是派他任江阴（今江苏江阴）签判。1169年，时任建康通判的辛弃疾登上赏心亭，眺望滚滚东流的长江，心绪难平，写下著名词作《水龙吟·登建康赏心亭》：

楚天千里清秋，水随天去秋无际。遥岑远目，献愁供恨，玉簪螺髻。落日楼头，断鸿声里，江南游子。把吴钩看了，栏杆拍遍，无人会，登临意。

休说鲈鱼堪脍，尽西风，季鹰归未？求田问舍，怕应羞见，刘郎才气。可惜流年，忧愁风雨，树犹如此！倩何人唤取，红巾翠袖，揾英雄泪？

这就是辛大侠和柳永的不同之处。即便是"无人会，登临意"，也要拍遍栏杆，慷慨激昂，抒发豪情，而不会去"偎红倚翠""浅斟低唱"。

（三）

辛弃疾的豪侠之气是绝对的正能量，我想，这也是很多人喜欢跟辛大侠交朋友的原因之一。因为每每同辛大侠交流，都能感到，即使身处逆境，也不会觉得绝望。1175 年，宋孝宗任命辛弃疾为江西提点刑狱（相当于司法官），衙门地址位于赣州。在途经万安县造口镇的时候，写下《菩萨蛮·书江西造口壁》：

> 郁孤台下清江水，中间多少行人泪！西
> 北望长安，可怜无数山。
>
> 青山遮不住，毕竟东流去。江晚正愁
> 余，山深闻鹧鸪。

智勇双全、志存高远的辛大侠，没能体验到"金戈铁马，气吞万里如虎"的成就感，反而被朝廷一直闲置在司法官的位置上。想到失去的美好河山被金军肆虐横行，辛大侠有心杀贼，却又无力回天，到头来只能揾一把英雄之泪。

咦，朋友们，你们在同情我吗？你们以为我会就此沉沦下去吗？不，大家别灰心丧气，要知道，"青山遮不住，毕竟东流去"，很多事情是不以人的意志为转移的，连绵不断的青山能阻断滚滚东流的江水吗？看看，辛大侠说得多贴心、多振奋，辛大侠是个暖男啊！有辛大侠这样的朋友，绝对是自己的造化。

又是一个元宵节。临安城张灯结彩，烟花爆竹声此起彼伏，人们兴高采烈，一片喜庆的景象。诚如林升的《题临安邸》诗中所描绘的那样："山外青山楼外

楼，西湖歌舞几时休？暖风熏得游人醉，直把杭州作
汴州。"此时的辛弃疾，完全没有过节的心情，街上传
来的欢声笑语，激起他创作的灵感，滚滚思绪化作了
笔下那首千古名篇：

青玉案·元夕
东风夜放花千树，更吹落，星如雨。宝
马雕车香满路，凤箫声动，玉壶光转，一夜
鱼龙舞。
蛾儿雪柳黄金缕，笑语盈盈暗香去。众
里寻他千百度，蓦然回首，那人却在，灯火
阑珊处。

我们视辛大侠为暖男，可又有几个真正懂他啊！
"知我者，谓我心忧；不知我者，谓我何求。悠悠苍
天，此何人哉！"有谁知道，站在灯火阑珊处的那个
人，就是辛弃疾自己啊！你可以说他清高，也可以说
他孤芳自赏，但他宁可寂寞一生，也不愿委曲求全，
与投降派同流合污。这种高士之风，令人肃然起敬！

（四）

江西上饶，这个过去叫信州的地方，北接安徽，东连浙江，南通福建，是四省交界之地。现代人知道上饶，主要是因为三处名胜：一是道教圣地三清山，二是最美乡村婺源，三是上饶集中营。前两个名气太大，就不作介绍了。上饶集中营则是皖南事变的产物，当年有七百多人被关押在这里，其中包括大名鼎鼎的新四军军长叶挺。在研究宋词的过程中，有一位词人也在我的计划之中，他叫姜夔，是地地道道的上饶人。

若以历史地位论，上述三个地方与上饶另一处相比，应该不在同一地位。这个绝大多数现代人都不熟悉的地方，叫鹅湖。很多人都知道浙江绍兴有个鹅池，那是书圣王羲之用来练书法的；而鹅湖，则位于上饶市铅山县。1175 年，南宋著名理学家吕祖谦，鉴于当时理学和心学两派人物互不相让，经常吵架，便在信州鹅湖寺，主持召开了我国哲学史上堪称经典的学术讨论会，史称"鹅湖之会"。每当我读到这段历史，都会怦然心动。知道辩论双方是谁吗？一方是泰山级人物朱熹，另一方是泰斗级人物陆九龄、陆九渊兄弟。辩论过程就不介绍了，据现场旁听者反映，现场火药

味很浓，比较一致的看法是，心学代表人物陆九渊略
占上风，最后结果是不欢而散。

哲学史上的鹅湖之会，馋得我恨不能穿越到那个
年代。然而，另一场文学史上的鹅湖之会却是那么悲
壮，令人血脉贲张、无限神往。

在此之前，我国文学史上著名的相会，发生在唐
玄宗天宝三年（744）——神交已久的诗仙李白和诗圣
杜甫在洛阳终于见面了。消息一传开，洛阳如同举办
了奥运会一样，立即成为全国瞩目的中心。李、杜两
位大咖见面后谈了些什么，我没有打听到，我只知道
他们俩在随后的日子里，腻歪得让人不敢目视——"醉
眠秋共被，携手日同行"（他们俩可以腻歪，大家可别
想歪了）。这段文坛佳话，让后人议论了一千多年。

现在轮到第二次鹅湖之会的主角登场亮相了，他
们是：大侠辛弃疾，小侠陈亮。陈亮？没听说过，是
无名之徒吧。错了，这陈亮并非等闲之辈，他是婺州
永康（今属浙江）人，字同甫，人称龙川先生，南宋
著名词人，豪放派的代表人物之一。史称其才气超迈，
喜谈兵。陈亮五十一岁时高中状元，五十二岁却溘然
长逝。陈亮啊，你的命真苦！原本想用状元的光环，
扬名立万，光宗耀祖，结果却无福消受。如果大家真

的用这种观点看陈亮，就有些俗气了。别人怎么看他我管不着，我自己是非常羡慕陈小侠的，主要是因为他能成为辛大侠的好朋友，更因为他跟辛大侠"导演"了一场豪迈、悲壮的鹅湖之会。

（五）

南宋时期的潭州衡山（今属湖南）人赵溍在《养疴漫笔》中，记录了辛、陈相见的场景，可以用一个成语来形容——惊心动魄。当时，辛弃疾在信州闲居，一日，陈亮来访，"将至门，过小桥，三跃而马三却。同甫怒拔剑挥马首，推马仆地，徒步而进。稼轩适倚楼，望见之，大惊异。遣人询之，则已及门，遂定交"。如果放到现在，没有人会相信，有人会采取这种令人瞠目的方式，去结交另一个人。说陈亮性子太急，不足以解释他对结识辛弃疾的渴望。

然而，陈亮还觉得比较平淡，不够刺激，到处散发他与辛弃疾相识的另外一个版本。那一年，辛弃疾在外地任职，穷小子陈亮慕名前去拜访。面对素不相识的不速之客，大家会怎么想？会不会是骗子呀？难道是推销保险的？肯定不是上门维修电器的。客气一点，直接拒之门外。不客气的话，会大吼一声：滚！我们看看辛弃疾是如何应对的。可爱的辛大侠居然将陈亮请进屋内，并吩咐随从准备酒菜，喝上了，而且两个人都喝得酩酊大醉，最后同屋睡了。半夜时分，陈亮酒醒，突然想起辛大哥平时寡言，今天话这么多，倘若后悔，杀我灭口，怎么办？——跑吧。于是，陈亮偷了辛弃疾的一匹快马，狂奔而去。更离谱的是，一个月后，陈亮给辛弃疾写了封信，略微提了一下那天之事，便要求辛大哥借钱给他。这小子，不仅是小偷，还是个无赖，敢敲辛大侠的竹杠！辛大侠啊，千万不能借。可是，我们傻得可爱的辛大侠居然二话没说，立刻给他了。

唉，给就给吧。李白前辈不是说过吗："莫使金樽空对月""千金散尽还复来"。那小子虽然有些过分，但只有非常之人，才能行非常之举。既然结交，就应尽欢，而无词则无欢。念至此，辛弃疾便一挥而就《西江月·遣兴》：

> 醉里且贪欢笑，要愁那得工夫。近来始
> 觉古人书，信著全无是处。

昨夜松边醉倒，问松我醉何如？只疑松
动要来扶，以手推松曰去。

我猜陈亮敢于散发、渲染他与辛弃疾的相识过程，
跟这首《西江月》有关。陈亮说，辛大哥对我高看一
眼啊，在词中把我比作"青松"，并推我赶紧走，一边
儿去，我当时就是这样骑马离开的。

每每想起辛、陈两人相识的这两段诗意而又刺激
的故事，仿佛在读古龙的武侠小说，一个悬念接着一
个悬念，令人欲罢不能、击节慨叹。你说，一个率性
中不乏沉稳的大侠，与一个洒脱中透着疏狂的小侠，
在鹅湖，和着漫天飞雪，相处十日，会发生什么样的
精彩故事？我很期待，相信大家都很期待。

（六）

1188 年冬天，江西信州的鹅湖，下起了鹅毛般的
大雪。陈亮顶风冒雪，自浙江婺州直赴信州，跋涉近
三百公里，来与多年未见的好友辛弃疾会晤。

辛弃疾此时正染病在身，想到即将与陈老弟见面，

顿觉心情舒坦了许多，也渐渐感到有些精神气儿。他随手翻开之前填写的《鹧鸪天·鹅湖归病起作》，轻轻吟诵起来：

> 枕簟溪堂冷欲秋，断云依水晚来收。红莲相倚浑如醉，白鸟无言定自愁。
>
> 书咄咄，且休休，一丘一壑也风流。不知筋力衰多少，但觉新来懒上楼。

懒得上楼，下楼却是必须的。辛弃疾身披大衣，冒雪站立村口，他在等，等银装素裹的大地上，那个孤单身影的出现。十年了，陈老弟也应该鬓白如雪了吧。这一年，辛弃疾四十九岁，陈亮四十六岁。

终于见面了。我很奇怪，他们并没有久别重逢后的欣喜若狂，而是平静，平静得如鹅湖之水。只是那两只久经风霜的老手握在一起后，一直没有松开过。在随后的十天里，两人同游鹅湖，高歌豪饮，赋词见志，共商抗金收复大计。也许大家会觉得可笑或者不解，这两人既不受朝廷待见，又受到同僚排挤，尤其是陈亮，被人诬陷，刚从监狱出来，就来赴这迟到的约会，仍然壮怀激烈，"位卑未敢忘忧国"，这是何等的境界和情怀啊！每每想象这两位落魄的文人，明知无益，仍不改痴心，在雪夜里商讨国是，就会觉得自己血脉贲张、情不自禁。

这段经历，在辛弃疾寄给陈亮的一首《贺新郎》的序言中，有很详细的记载：

> 陈同父自东阳来过余，留十日，与之同游鹅湖，且会朱晦庵于紫溪，不至，飘然东归。既别之明日，余意中殊恋恋，复欲追路，至鹭鸶林，则雪深泥滑，不得前矣。独饮方村，怅然久之，颇恨挽留之不遂也。夜半投宿吴氏泉湖四望楼，闻邻笛悲甚，为赋《贺新郎》以见意。又五日，同父来书索词，心所同然者如此，可发千里一笑。

我从未见过这么长的词序，单独拿开实际上就是一篇美文。由此可见，这次鹅湖之会在辛弃疾的一生中占据多么重要的地位。下面是词的正文：

> 把酒长亭说。看渊明、风流酷似，卧龙诸葛。何处飞来林间鹊，蹙踏松梢微雪。要

破帽、多添华发。剩水残山无态度，被疏
梅、料理成风月。两三雁，也萧瑟。

佳人重约还轻别。怅清江、天寒不渡，
水深冰合。路断车轮生四角，此地行人销
骨。问谁使、君来愁绝？铸就而今相思错，
料当初、费尽人间铁。长夜笛，莫吹裂！

在这首词里，辛弃疾将陈亮比作陶渊明和诸葛亮，
足见他对陈亮的才华高度认可。与此同时，陈亮也写
了一首《贺新郎·寄辛幼安和见怀韵》，两个人仿佛心
有灵犀，乃至于辛弃疾也在感慨"心所同然者"。

贺新郎·寄辛幼安和见怀韵

老去凭谁说。看几番、神奇臭腐，夏裘
冬葛。父老长安今余几，后死无仇可雪。犹
未燥、当时生发。二十五弦多少恨，算世
间、那有平分月。胡妇弄，汉宫瑟。

树犹如此堪重别。只使君、从来与我，
话头多合。行矣置之无足问，谁换妍皮痴
骨。但莫使、伯牙弦绝。九转丹砂牢拾取，
管精金、只是寻常铁。龙共虎，应声裂。

接到陈亮的和词之后，辛弃疾意犹未尽，再和了一首《贺新郎·同父见和再用韵答之》：

老大那堪说。似而今、元龙臭味，孟公瓜葛。我病君来高歌饮，惊散楼头飞雪。笑富贵、千钧如发。硬语盘空谁来听？记当时、只有西窗月。重进酒，换鸣瑟。

事无两样人心别。问渠侬：神州毕竟，几番离合？汗血盐车无人顾，千里空收骏骨。正目断、关河路绝。我最怜君中宵舞，道男儿、到死心如铁。看试手，补天裂。

这一来一去的几首词，是辛、陈鹅湖之会的精彩之处。有兴趣的朋友可以琢磨琢磨，细细体会个中滋味。实在没兴趣的朋友也可以"跳"过去；若是边读边打瞌睡，反而是对辛、陈鹅湖之会这一文坛佳话的轻侮。词的篇幅较长，记不住也没关系（我也记不住）。但有一句，我觉得还是应该牢牢记住："男儿到死心如铁！"

（七）

按照辛弃疾的说法，辛、陈鹅湖之会原本还有一位主角，就是第一次鹅湖之会悻悻而归的朱熹（号晦庵）。"且会朱晦庵于紫溪，不至，飘然东归。"即说，陈亮来鹅湖之前，也邀请了朱熹，不知何故，朱熹却爽约了，陈亮只得作别辛大哥，离开鹅湖，返回浙江。没找到资料解释朱熹失约的原因，我不妨揣测一下：朱熹那天正准备动身，突然想起第一次鹅湖之会不成功、不愉快的经历，此次要跟这两个狂人在一起，心里顿觉没底，害怕又弄个不欢而散，给好事者记录下来，一世英明将毁于一旦，罢了，不去也罢。我想，朱熹还好没去，否则，他天天缠着辛、陈讨论哲学问题，岂不是大煞风景。

天下没有不散的宴席。辛、陈两位在一起度过了人生中最美妙的十日之后，陈亮辞行东归。"既别之明日，余意中殊恋恋，复欲追路，至鹭鸶林，则雪深泥滑，不得前矣。独饮方村，怅然久之，颇恨挽留之不遂也。"短短四十四个字，字字含情，形象地勾画出辛弃疾舍不得陈亮离去的动人情景。无奈之下，辛弃疾便写下《鹧鸪天·送人》，并随手撕碎，抛向天空，发黄的纸屑和着洁白的雪花，在空中自由地飘荡。

鹧鸪天·送人

唱彻《阳关》泪未干，功名余事且加餐。浮天水送无穷树，带雨云埋一半山。

今古恨，几千般，只应离合是悲欢？江头未是风波恶，别有人间行路难。

人生无常，五年后，陈亮去世。

据毛主席的医生唐由之回忆，1975 年 7 月 28 日，白内障手术五天后，毛主席第一次用眼读书。起先，他静静地读，后来低吟，继而放声大哭，不能自已。唐由之一看，毛主席正在读的，是陈亮的《念奴娇·登多景楼》：

危楼还望，叹此意、今古几人曾会？鬼设神施，浑认作、天限南疆北界。一水横陈，连岗三面，做出争雄势。六朝何事，只成门户私计？

因笑王谢诸人，登高怀远，也学英雄涕。凭却江山，管不到、河洛腥膻无际。正

好长驱，不须反顾，寻取中流誓。小儿破
贼，势成宁问强对！

是什么原因让一代伟人毛泽东，吟诵此词涕泗横
流？我以为，主要是因为毛主席痛恨革命成功以后，
曾经共同战斗的战友忘却了为之浴血奋斗的理想，"只
成门户私计"；叹息自己年老体衰，已经无法完成"正
好长驱，不须反顾，寻取中流誓"的毕生夙愿。这就
是文字的力量！辛弃疾和陈亮若泉下有知，当为之浮
一大白。

（八）

鹅湖之会后，辛弃疾继续过着隐居生活。从
四十三岁起，由于长期得不到朝廷的重用，他在信州
闲居了二十年之久（1192—1194 年曾出任福建安抚使
等职），并自称"稼轩居士"。其间，创作了大量反映
农村生活的诗词，《清平乐·村居》便是其中最突出的
代表作：

茅檐低小，溪上青青草。醉里吴音相媚
好，白发谁家翁媪？

大儿锄豆溪东，中儿正织鸡笼，最喜小
儿无赖，溪头卧剥莲蓬。

充满家庭生活情趣的情景跃然纸上，正应了那句
话：幸福其实很简单。

辛弃疾也想享受这简单的幸福，但是很难做到。
他时常回忆起"壮岁旌旗拥万夫，锦襜突骑渡江初"
的峥嵘岁月，慨叹一身抱负得不到施展，只好"却
将万字平戎策，换得东家种树书"。因此，他效仿陶
渊明，在改造自己位于铅山的瓢泉新居时，建了一
座"停云亭"，还专门为此写了首《贺新郎·甚矣吾衰
矣》，这是首狂词，没有半点陶渊明的味道。不过，我
很喜欢。全文如下：

邑中园亭，仆皆为赋此词。一日，独坐
停云，水声山色，竞来相娱，意溪山欲援例
者，遂作数语，庶几仿佛渊明思亲友之意云。

甚矣吾衰矣！怅平生、交游零落，只今

余几？白发空垂三千丈，一笑人间万事。问
何物、能令公喜？我见青山多妩媚，料青
山、见我应如是。情与貌，略相似。

一尊搔首东窗里。想渊明、停云诗就，
此时风味。江左沈酣求名者，岂识浊醪妙
理？回首叫、云飞风起。不恨古人吾不见，
恨古人、不见吾狂耳。知我者，二三子。

果然"料青山见我应如是"，在漫长的等待后，
机会终于来了。1203 年，辛弃疾以六十四岁高龄被起
用为绍兴知府兼浙东安抚使。七十九岁的陆游此时正
在家乡绍兴闲居。与怀有同一志向的人见面，让辛弃
疾非常开心。不久，让辛弃疾更开心的事悄然而至，
他又被朝廷调往抗金前线的镇江任知府，这无疑给了
他一个直接展示军事才能，实现收复河山理想的大好
机会。一到镇江，辛弃疾立即筹备北伐。但是，天不
遂人愿，上任后不久，他就感到政治斗争凶险，自身
处境艰难，于是又陷入了苦闷之中。一日，辛弃疾登
上北固山，眺望滚滚长江，满腔悲愤，无限惆怅，写
下千古绝唱《永遇乐·京口北固亭怀古》：

千古江山，英雄无觅，孙仲谋处。舞榭歌台，风流总被，雨打风吹去。斜阳草树，寻常巷陌，人道寄奴曾住。想当年，金戈铁马，气吞万里如虎。

元嘉草草，封狼居胥，赢得仓皇北顾。四十三年，望中犹记，烽火扬州路。可堪回首，佛狸祠下，一片神鸦社鼓。凭谁问：廉颇老矣，尚能饭否？

这首被选入中学语文教科书的词，大气磅礴，读着读着，就会感到丹田之下有股气，好像随时会喷薄而出。那是一缕剑气，也是一股豪气，更是一道侠气，以及悲怆之气！

此时，辛弃疾的心情非常矛盾，担心自己有可能重蹈覆辙，被朝廷弃而不用，无法实现自己的理想。怎么办？只有寄托下一代了："生子当如孙仲谋。"同在北固山，他用另一首《南乡子·登京口北固亭有怀》，表达了一个真正的英雄的侠士情怀：

何处望神州？满眼风光北固楼。千古兴亡多少事？悠悠。不尽长江滚滚流。

年少万兜鍪，坐断东南战未休。天下英雄谁敌手？曹刘。生子当如孙仲谋。

1207年10月3日，辛弃疾带着遗憾，离开了人世，享年六十八岁。

宋词之天巧星行者姜夔
——疏影暗香月黄昏

题记

朝游扬州暮宿淮，且行且吟暗香来。

卿本天地一布衣，借力清风上高台。

（一）

如果没有报纸、电视，也没有互联网；不是政府官员，不能发"红头文件"；不能通过恐怖袭击，或其他犯罪手段制造爆炸性新闻。你仅仅是一介布衣，却能扬名四海，你做得到吗？我用尽"洪荒之力"，想啊想啊，最后摇摇头说："我做不到。"但我要告诉你，有人做到了，当然不是现在，而是在八百多年前，他的名字叫姜夔。

在剖析原因之前，先讲一条花絮。姜夔的父亲叫姜噩，宋绍兴三十年（1160）进士，做过知县。这姜家人很特别，我没有查到姜夔的爷爷、儿子、孙子都取了什么名字，但看到这父子俩一个名噩，一个名夔，我有些头大了，不仅笔画多，而且偏僻不常用，寓意也不好。想必姜夔小时候恨死他爸爸了，每当考试，写自己的名字就比别人多花了一分钟。于今，我也有同感，为了节省那一分钟，以下我皆以姜白石（他的号是白石道人）称之。

现在回到开头提到的事情，姜白石是如何做到的？我经过仔细研究，认为他用的是最原始的办法，概括起来就是"三勤"，即手勤、腿勤和殷勤。

所谓"手勤"，这好理解，就是勤写苦练。每天要么填词、练字，要么写文、谱曲。姜白石是继苏轼之后，又一个文艺全才，他在诗词、书法、散文、音乐等方面都有很高的造诣。写多了，自然熟能生巧，乃至于内功越来越深厚，各方面的水平日臻炉火纯青，这为他日后成名打下了坚实的基础。

所谓"腿勤"，更好理解，就是喜欢四处游历，到处跑。姜白石的足迹踏遍了苏州、杭州、合肥、南京、扬州、湖州等地，可以说，现在的长三角地区，除了被金军占领的地方不敢去，他几乎跑遍了。每到一地，就建一个朋友圈，不分贵贱，老少咸集，靠"两条腿"的宣传推介，最终基本做到了"莫愁前路无知己，天下谁人不识君"。

所谓"殷勤"，这点得解释一下。姜白石多次参加科举考试，也不知咋回事，就是考不上，到死仍是一介布衣。在那个年代，没有功名，任你有经天纬地之才，仍是低人一等。要想得到社会的认可和别人的尊重，就必须借力，说得俗一点，就是通过献殷勤达到自己的目的。《红楼梦》中薛宝钗说过："好风凭借力，送我上青云。"借谁之力？这个颇有讲究。皇上之力，隔得太远，借不着；平民之力，不能借，否则会冠以"造反"的罪名，脑袋不保。怎么办？只有借能够欣赏自己的社会名流之力，才有机会送自己"上青云"。想明白之后，姜白石开始实施自己的借力计划。至于他如何实施，先卖个关子，下回分解吧。

（二）

姜白石十四岁丧父，后一直在姐姐家生活。家庭变故加上仕途不顺，想要出人头地，何其困难！唯有借力，别无他途。为此，他四处流浪，寻找机会。还好，上帝虽然对他关上了一道门，却又为他打开了一扇窗。大约在 1185 年，姜白石遇到了他一生中最重要的贵人——大诗人萧德藻。因为情趣相投，两人还结为忘年之交。

在我有限的知识里，没听说过南宋有萧德藻这样一位著名诗人，后来一查资料，才知道他是与陆游、杨万里、范成大、尤袤齐名的牛人。因为得到贵人萧德藻的帮助，姜白石至少有三大收获：一是做了新郎，新娘是贵人的侄女，萧德藻许的；二是有了新房，萧德藻给的；三是认识了第一个能借力之人，萧德藻荐的。正是：都说德藻有眼光，赔了侄女又送房。姜白石这缕"好风"，终于等到了"上青云"的机会。

姜白石第一个可借力之人，便是著名诗人杨万里。杨万里，字廷秀，号诚斋，吉水（今属江西）人，和姜白石是同乡。官做得大，诗写得好，其中那首七言绝句《小池》，比杨万里本人还出名："泉眼无声惜细流，树阴照水爱晴柔。小荷才露尖尖角，早有蜻蜓立上头。"还有如"映日荷花别样红""一山放过一山拦""儿童急走追黄蝶""闲看儿童捉柳花"等等，都

是经典名句。得到这样一位大咖的赏识，姜白石想不
红都难。在杨万里家，姜白石还恰到好处地展示了自
己的另一门才艺。他根据在杨家听到失传已久的《醉
吟商朝渭州》古调，填词编成了清新的《醉吟商小
品》。杨万里听后，啧啧称奇，也与姜白石成了忘年之
交。我不得不佩服姜白石的情商蛮高。后来，姜白石
在合肥游历时，目睹边城一片萧索，感怀古之英雄的
壮烈情怀，创作了寓意深远的犯曲《凄凉犯》，由此奠
定了他在我国音乐史上的重要地位。

认识杨万里，姜白石也有两大收获，即一只脚踏
进了名人堂，一首曲进入了名人堂。然而，这仅仅是
个开始，杨万里之于姜白石更大的作用，在于他把姜
白石引荐给了一个人，是这个人让姜白石无人不知、
无人不晓，更令他另一只脚也迈进了名人堂。

（三）

杨万里之所以敢将姜白石介绍给这个人，主要
是因为他读了姜白石在二十多岁时写的一首词。那是
1176 年的冬天，姜白石游历到经历了数次劫难的扬州。

满目疮痍的凄凉，让姜白石完全找不到唐代诗人杜牧笔下扬州的繁华景象。

> 我站在二十四桥上思念杜郎，
> 月下吹箫的姑娘们现在何方？
> 断壁残垣里哪片是青楼的瓦砾，
> 凛冽的寒风中哪里是我的战场？

此时此刻，连我这个愚驽且反应迟钝之人，也想掉一下书袋，引吭高歌一番。我们的善感青年姜白石，抚今追昔，不由得万千感慨，感慨万千，便自创词牌，写下传世名作《扬州慢》：

> 淳熙丙申至日，予过维扬。夜雪初霁，荠麦弥望。入其城，则四顾萧条，寒水自碧，暮色渐起，戍角悲吟。予怀怆然，感慨今昔，因自度此曲。千岩老人以为有《黍离》之悲也。

> 淮左名都，竹西佳处，解鞍少驻初程。过春风十里，尽荠麦青青。自胡马窥江去

后，废池乔木，犹厌言兵。渐黄昏，清角吹寒，都在空城。

杜郎俊赏，算而今重到须惊。纵豆蔻词工，青楼梦好，难赋深情。二十四桥仍在，波心荡，冷月无声。念桥边红药，年年知为谁生？

千岩老人就是姜白石的贵人萧德藻。这首词曾被选进了中学语文课本，我认识姜白石，就是从这首词开始的。如果大家不太明白该词写得怎么样，那就读一下明末清初大思想家王夫之（王船山）对它的精彩点评："以乐景写哀，以哀景写乐，倍增其哀乐。"我有时想，一个二十多岁的年轻人，怎么会有如此丰富的情感、深刻的思想和高超的艺术技巧。现代人在这个年龄段，基本上要么在做题，要么玩游戏，追星不离口，手机不离手。即便如我等已上了年纪的人，与之相比，也是自愧弗如。

这首《扬州慢》，让杨万里对姜白石这位后辈、老乡刮目相看，惜才之心油然而生，他决定帮助姜白石。一日，杨万里把姜白石叫到跟前，语重心长地说，小伙子啊，我只能帮你这些了。离此不远的闹市中，有位德高望重的江湖大佬，你带着老夫写的推荐信去找他吧。能否成功，就要看你的造化了。姜白石感动得频频拱手作揖，辞谢而去。这一去不要紧，词坛掀起千层浪，暗香疏影成绝唱。

（四）

杨万里为姜白石推荐的江湖大佬，就是曾官拜参知政事（副宰相）的范成大。参知政事这个职务，北宋改革的总设计师王安石曾干过，位高而权重。范成大能担此大任，必有其过人之处。因此，我有必要介绍一下这位大佬级人物。

范成大，字致能，号石湖居士，江苏苏州人，南宋著名的政治家、文学家。这位老兄一生政治立场稳，工作有本事，作风过得硬，诗文写得好，绝对称得上干部中的楷模。

一是主政多省（元代始设省，为叙述方便，姑且用之），兴利除弊。他先后主政浙、桂、川、苏等地，集党、政、军权于一身（讲习惯了，其实那时只有门派之谓，并无政党之说）。每到一地，革除陋弊，镇压匪患，保境安民。在四川期间，整军备战，巩固边防，并与当时在蜀的陆游以文会友，结成莫逆之交。

二是出使金国，不辱使命。常言道：弱国无外交。为改变接纳金国诏书礼仪和索取河南"陵寝"地事，宋孝宗要派人出使金国进行谈判，这可能是有去无回的差事。朝臣中有的称病，有的说家里有八十多岁的老母亲需赡养，总之找各种借口推辞。皇上一筹莫展之际，范成大挺身而出，毅然北上。在金期间，慷慨陈词，不畏强权，几近被杀，最终全节而返，为朝野所称道，金世宗也认为范成大"可以激励两国臣子"。我觉得他颇有辛弃疾万军丛中生擒叛徒张安国之风范。

三是诗风平易，自成一家。范成大的诗文题材广泛，以反映农村社会生活内容的作品成就最高。他的代表作《四时田园杂兴》共六十首绝句，十二首为一组，分咏春日、晚春、夏日、秋日和冬日的田园生活。范成大的田园诗最突出的特点是让田园诗从归隐转向现实，使其成为名副其实的反映农村生活之诗。如大家耳熟能详的《夏日田园杂兴》（其七）：

昼出耘田夜绩麻，村庄儿女各当家。

童孙未解供耕织，也傍桑阴学种瓜。

一幅农村生活趣图活灵活现地呈现在我们面前。

范成大的词作虽然不多，所幸我能记住一首，那就是《霜天晓角·梅》：

> 晚晴风歇，一夜春威折。脉脉花疏天
> 淡，云来去，数枝雪。
> 胜绝，愁亦绝。此情谁共说。惟有两行
> 低雁，知人倚，画楼月。

疏疏的梅，淡淡的云，低空飞行的雁，画楼望月的人。整首词以优美的景色，反衬人的孤寂，读后令人动容。

曾经有人问我，为何很多人虽喜强唐，却更爱弱宋？我说，这是因为唐代的文人上得了厅堂，却下不了"厨房"；而宋代文人两者皆能，如晏殊、欧阳修、范仲淹、王安石、苏轼、辛弃疾、陆游、范成大、文天祥等等，莫不如是。

当然，也有例外，那就是姜白石。他没有机会大显身手展示施政的本领，只得用那双手敲开了位于苏州的范宅大门。那是一个冬日，从院子里飘来一股梅花的香气，让姜白石仿佛看到春天到来。（冬天已经来临，春天还会远吗？）

（五）

当范成大读了姜白石的诗词后，杨万里的那封推荐信其实已经不重要了。姜白石高雅脱俗的诗词，身上散发出酷似魏晋时期名士的气息，让范成大有相见恨晚之感。这也是姜白石这个人最有魅力的地方，见了一面之后，就会让人时常想念他。没有这一本钱，想借力只会落得自取其辱。

在范宅后院，范成大与姜白石这一老一少，踏雪赏梅。只见白色的、红色的、粉红色的梅花开得正艳，阵阵梅香沁人心脾，纷纷飞舞的雪花胡乱地找一朵梅花歇脚，这让花朵看起来更加晶莹剔透。此时的姜白石，内心仿佛有无数的音符，绕着北宋诗人林逋的那句"疏影横斜水清浅，暗香浮动月黄昏"，时而缓缓流动，时而急速奔驰，这是姜白石从未体验过的感觉，创作的冲动让他浑身发热。于是向范成大告辞，回房伏案，提笔疾书。这一夜姜白石注定无眠。

第二天，姜白石将他熬了一个通宵创作的作品，献给了前辈范成大。我国文学史、音乐史上两部伟大的作品就此诞生，作品的名字叫《暗香》《疏影》。下面，我们跟着范成大一起朗诵一遍：

暗香

旧时月色，算几番照我，梅边吹笛。唤起玉人，不管清寒与攀摘。何逊而今渐老，都忘却，春风词笔。但怪得，竹外疏花，香冷入瑶席。

江国，正寂寂。叹寄与路遥，夜雪初积。翠尊易泣，红萼无言耿相忆。长记曾携手处，千树压，西湖寒碧。又片片，吹尽也，几时见得？

疏影

苔枝缀玉，有翠禽小小，枝上同宿。客里相逢，篱角黄昏，无言自倚修竹。昭君不惯胡沙远，但暗忆，江南江北。想佩环，月夜归来，化作此花幽独。

犹记深宫旧事，那人正睡里，飞近蛾绿。莫似春风，不管盈盈，早与安排金屋。

还教一片随波去，又却怨，玉龙哀曲。等恁时，重觅幽香，已入小窗横幅。

诵毕，范成大爱不释手，把玩不已，马上令其婢女小红"肄习之"。小红在姜白石的调教之下，苦练了几日后，便唱给范老爷听。范成大被清婉美妙的音律所折服，深感"此曲只应天上有，人间能得几回闻"。后来发生的事，完全出乎姜白石和小红的意料。范成大可能觉得美曲应该配美女，干脆将婢女小红赠给了姜白石。这世上，还有将美女当稿费的，奇闻啊！这不是拉仇恨嘛！

姜白石为此激动得又是一夜无眠。可这家伙还不知低调，居然写了一首《过垂虹》诗进行炫耀：

自作新词韵最娇，小红低唱我吹箫。

曲终过尽松陵路，回首烟波十四桥。

还"小红低唱我吹箫"呢，看把你美的；还"回首烟波十四桥"呢，真把自己当杜牧了！自此，姜白石的借力计划取得圆满成功。当时的名流士大夫争相与之结交，连朱熹也对他另眼相看，辛大侠还与他填词互相酬唱。

春天终于来临！那是姜白石一生中最风光的一段日子。可谁曾想到，姜白石死后，竟然是靠朋友捐资，才勉强葬于杭州钱塘门外的西马塍。一代词人终被"雨打风吹去"！

宋词之天闲星调情圣手张先
—— 云破月来花弄影

题记

八十娶得小美人，儿孙成群更精神。

千结之心为底事，墙内还有秋千影。

（一）

这是一个本不在我的写作计划内的北宋词人，写着写着，却成了《只有香如故：宋词十三星宿背后的故事》最后一篇的主角。这好比小时候听长辈的教诲，要规划好个人的人生之路；而迈入不惑，走近天命之时，才发现人生之路是无法规划的，这条道路上存在着太多的不确定性和偶然性。有时你灵光一闪的一念，可能变成生与死的转变；有时你似乎无意识的一行，可能成为成败的转折点；有时你不假思索的一言，也可能招来杀身之祸。这些"一念""一行""一言"，任你是刘伯温转世，也是无法计算和规划的。

既然是计划外"怀孕"，"流产"非我所愿，"打胎"太过残忍，还是顺其自然吧，大不了再熬几天夜，捻断几根须。哦，忘了，胡子没那么长，只能揪下巴。好在这位压轴词人的一生，非常对现代人的口味。他天资平平，却佳作连篇；官位不高，却波澜不惊；诗酒风流，却健康长寿；老而弥坚，儿孙满堂。这是不是很多人想过的生活，想过的人生？

确实羡煞人也！可是，为什么说"老而弥坚，儿孙满堂"呢？这里有一个典故，听我细细道来。据传这位词人在八十岁的时候，看上了一位十八岁的小姑娘，并将她纳为妾。在成亲那天摆的家宴上，他红光满老面，春风很得意，当场赋诗一首："我年八十卿十八，卿是红颜我白发。与卿颠倒本同庚，只隔中间一花甲。"这事被苏轼知道后，即兴赋了一首和诗，并派人送给这位老翁，诗曰："十八新娘八十郎，苍苍白发对红妆。鸳鸯被里成双夜，一树梨花压海棠。"这样一唱一和，据说刺激了当时的很多文人，个个春心荡漾，京城汴梁夜晚的灯也熄得比平时更早些。后来此小妾在八年时间里，为他生了两男两女。如果不是他八十九岁就死翘翘了，这个小妾不知还会生多少个呢！据统计，这位词人一生共有十儿二女，年纪最大的儿子和年纪最小的女儿相差六十岁。

真是太厉害了，这是谁呢？此人姓张，名先，字子野，乌程（今浙江湖州）人。他出生的第二年，神童晏殊才来到这个世界。他去世的第二年，天才苏轼被发配到黄州思过。

说了半天，该入正题了。刚才不是说张先天资平平，却佳作连篇吗？别急，我先说一个外号——张三中，记住了，不是武当派创始人张三丰。这个"张三中"源于张先的一首词，按惯例，词成之后，若赠雅号，当属上乘之作。到底是什么作品呢？

（二）

张先出生于 990 年，一直到 1030 年四十一岁时才高中进士，与晏殊十几岁被赐为进士，欧阳修、苏轼等二十几岁登榜及第相比，算是大器晚成了。然而，事业上的晚成，并没有影响他用情的兴致。见色眼开，到处留情，成了他生命中最重要的一条主线。我甚至怀疑，张先是因为在男女之情方面投入了太多的精力，而影响了事业上的发展。你看他留下来的词作，几乎离不开男女私情。例如，他的《行香子·舞雪歌云》：

　　舞雪歌云，闲淡妆匀，蓝溪水、深染轻裙。酒香醺脸，粉色生春。更巧谈话，美情性，好精神。
　　江空无畔，凌波何处，月桥边、青柳朱门。断钟残角，又送黄昏。奈心中事，眼中泪，意中人。

　　这首词的意思很好理解。上阕说，小妹，你长得好漂亮啊！尤其是喝点小酒后，更是美得无法形容。下阕说，小妹，你在想心事啊，想谁呢？应该不是我吧。就这么简单的过程，让张先写得如此传神，得佩服他的能力。这不，有人上门表达敬意了。一天，张先家里来了一位不速之客，见面之后，客人问："您就是张三中先生吧？"张先被问得如堕五里雾中，忙问："什么张三中？"客人说："心中事，眼中泪，意中人，不就是'三中'吗？京城都已经传开了。"客人以为张先听后一定会开怀大笑，并请自己喝上三杯。谁知张先非常平静，自言自语地嘟囔着："张三中有什么好，还不如叫张三影呢！"

张先这句话应该作为市场营销学的经典案例好好研究一下。首先，他不否认"张三中"这一品牌，但表现得比较冷淡，好像并不在意这一品牌的价值，让你对他心里的真实想法产生强烈的好奇。吸引消费者的注意力，应该是品牌推广的第一步，也是最关键的一步。其次，趁机推出自己的另一套产品，恰到好处地借"张三中"之力，树"张三影"之名，可以说，不费吹灰之力，不花一贯铜钱，就让"张三影"这一新品牌，迅速传遍了整个京城。史称张先资质平平，我看未必，这位老哥简直是大智若愚啊！

果然，一切都在按张先设定的轨迹运行。张先所说"三影"之词，一举成名天下知。到底是哪"三影"？即"云破月来花弄影""娇柔懒起，帘压卷花影""柳径无人，堕轻絮无影"。这"三影"分别出自张先的三首词，一箭三雕，这老哥够狠！下面，我择其一而赏之。有兴趣的朋友，可把另外两首找出来读读。

天仙子·水调数声持酒听

水调数声持酒听，午醉醒来愁未醒。送春春去几时回？临晚镜，伤流景，往事后期空记省。

沙上并禽池上暝，云破月来花弄影。重重帘幕密遮灯。风不定，人初静，明日落红应满径。

令张先没有想到的是，自己精心打造的"张三影"品牌，不仅为自己带来了巨大的社会声誉，而且创造了意料之外的附加值。这一附加值，就是这首《天仙子》带来的。

（三）

其实，张先所填之词，最喜也最善用"影"字，在他留存下来的词作中，"影"字用得妙的何止三首。但我最喜欢的还是这句"云破月来花弄影"，在这一点上，很荣幸民国国学大师王国维先生跟我的口味是一样的。他在《人间词话》中写道："云破月来花弄影，着一'弄'字而境界全出矣。"我不知道古人是怎么理解"弄"字的，但我知道，按现代人的语言使用习惯，"弄"这个字，用在男女之情方面有点暧昧。结合张先在调情方面的特长分析，也只有他才会把这个"弄"字用得活灵活现。谁知歪打正着，我用尽"洪荒之力"琢磨了好几个月，发现真没有其他字可以代替它。

张先的顶头上司宋祁也为此想了好几天，结果仍是无功而返。还好没想出来，不然我这张老脸往哪儿搁啊。得夸夸这位宋尚书，自己的部下张先，写出来的东西超过了自己，他非但不嫉、不怒、不吃醋，反而做了一件你想破脑袋也想不到的事情。不会是请张先喝酒吧？难道想花钱买下这首词的版权？莫非要把自己的女儿许配给张先？哈哈，越猜越离谱，还是让我告诉你吧。有一天晚上，宋祁打扮得整整齐齐，特地去张府登门拜访。走到门口，他让仆人进去通报说："尚书想见'云破月来花弄影'郎中。"张先在屏风后听见，马上跑了出来，边跑边喊："莫非是'红杏枝头春意闹'尚书到了？您是领导，真的不敢当，不敢当啊！"两人相见后大笑，摆酒尽欢。还有这样的领导，真让人大开眼界！这张先也是，难怪在仕途上没什么进步，人家宋尚书去你家，那叫礼贤下士。你算什么？没大没小的，逮着杆子往上爬，还真把自己当盘菜了！

　　领导来了，词也赏了，酒也喝了，名也有了，位却没了。张先心情很是郁闷，这家伙有个习惯，每当情绪低落时，便去与小尼姑私会。这天夜里，张先来到位于京郊附近的尼姑庵。这尼姑庵后门有个池塘，按照两人过去约定的方式，张先悄悄地划着船，来到小尼姑住的阁楼下，学着鸟叫，等着心上人放下梯子，让自己爬上去。可是等了半天，楼上没有一点反应。张先以为小尼姑睡着了，又使劲地学着鸟叫。阁楼的窗户终于开了，但伸出来的不是梯子，而是一张老尼姑的脸。只听老尼姑说："张先生请回吧，今后也不要再来了。"没等张先反应过来，便"砰"的一声关上了窗子。张先傻傻地站在船上，心想：人要倒霉，走路都会踩到自己。张先不胜眷恋，一步三回头地回到家里，满怀深情地写下一首词：

　　　　一丛花令·伤高怀远几时穷

　　　伤高怀远几时穷？无物似情浓。离愁正引千丝乱，更东陌，飞絮蒙蒙。嘶骑渐遥，征尘不断，何处认郎踪？

双鸳池沼水溶溶，南北小桡通。梯横画
阁黄昏后，又还是，斜月帘栊。沉恨细思，
不如桃杏，犹解嫁东风。

唉，我的命运竟然还不如桃花、杏花，它们还能
自由主动地选择，嫁给一年一度的春风啊！

然而，张先又一次没有想到，这首《一丛花令》
词，再一次给他带来了巨大的附加值。说巨大，是因
为这次给他带来附加值的人，比宋祁牛得超过千倍，
不，万倍。

（四）

张先夜会小尼姑碰了一鼻子灰之事，像长了一对
翅膀，迅速传遍了整个京城。据说，当时人们对此反
应各异，心情比较复杂。有嘴里含着酸葡萄，幸灾乐
祸的；有心里画了个大问号，疑惑不解的；有刚经历
同类事情，同病相怜的。唯有一个人，对张先与小尼
姑之间的情事毫无兴趣，却对那首《一丛花令》词大
加赞赏，爱得每日餐前、睡前都要读上几遍。这个与

众不同、独具慧眼的人是谁呀？就是那个"醉能同其乐，醒能述以文者"——"太守也。太守谓谁？庐陵欧阳修也"。绕了半天，原来是这位老兄啊。这可是当时的文坛领袖，能得到他的赏识，张先要走运了。

也不知通过什么渠道，张先知道了仰慕很久、高不可攀的欧阳大人，对自己的词爱得无以复加，兴奋得一连几个晚上没睡好觉。尽管从年龄上看，张先比欧阳修大十七岁，差不多隔一辈人了，但除了这一项有优势，其他各方面都跟欧阳修不在一个档次上（泡妞的水平应该比欧阳修强，这一点暂且不提）。既然欧阳大人释放出了信号，还等什么呢？张先立即启程，去拜访欧阳大人。

其实，欧阳修也觉得"鸡蛋好吃"，非常想认识"那只下蛋的鸡"。申明一下，这句话没有贬义，别想多了，俺只是想说得生动形象些。听说张先来访，欧阳修喜不自胜。据有关史料记载，永叔倒屣迎之，曰："此乃'桃杏嫁东风'郎中。"永叔是欧阳修的字。这句话中有一个词用得十分有趣，即"倒屣迎之"，意思是鞋子还没有穿好就出去迎接。宋代的官员怎么都这样啊？牛人宋祁因慕才，可以不顾及面子，去下属家拜访；更牛者欧阳修因爱才，在地位严重不如自己的人面前，不怕出洋相，倒屣相迎。这需要多高的涵养和气度啊！

对张先而言，这次拜访，不仅挣够了面子，更重要的是，欧阳修那句"'桃杏嫁东风'郎中"让他名声大噪，全国文人纷纷抄录他的词作，那火爆的场面是京城极为罕见的景象。在欧阳修的推波助澜之下，张先重新燃起了晋升官职之希望。张先甚至想：可惜了，如果欧阳大人喊我"'桃杏嫁东风'侍郎"，那该多好啊！

张先到底没做成侍郎。看来，当时的官员还是很有原则的，丁是丁，卯是卯；词归词，职归职，这是两码事。张先又一次感到非常郁闷，再一次想起了那个永远也见不着的小尼姑。唉，最近老忙着升官之事，忽视了泡妞，乃至储备不够。怎么办？张先百无聊赖，拿出一瓶酒，坐在院子里，自斟自饮起来。时近清明，庭院里空空荡荡，寂寞无声。正在心烦意乱、心绪不宁之际，哪料到在那皎洁的月光下，突然看见邻院中荡秋千的少女的倩影，更让张先感到无限惆怅。

青门引·春思

乍暖还轻冷，风雨晚来方定。庭轩寂寞

近清明，残花中酒，又是去年病。

楼头画角风吹醒，入夜重门静。那堪更被明月，隔墙送过秋千影。

都这样了，张先还能意淫，我是彻底服了。

（五）

张先是古代文人中比较长寿的，他出生于990年，1078年去世，活了整整八十八年，按照习惯算法，应是八十九岁，比南宋的陆游还多活了三年。在医疗技术水平不高、卫生保健条件不好的那个年代，能如此高寿，让人羡慕，令人称奇。人生七十古来稀，能超过七十岁已经不容易了，更何况近九十岁高龄！要知道，我所写的十三位宋词星宿中，除了张先、陆游、贺铸，其他均享年七十岁以下。（李清照也极有可能超过七十岁）

张先不仅因活的时间长而让他人羡慕，还因活得潇洒而让人艳羡，更因写得一手好词而让人倾慕。但是，真正让张先受到痴男怨女追捧的作品，既不是宋

祁推崇的"云破月来花弄影"，也不是欧阳修推崇的
"桃杏嫁东风"，而是那首《千秋岁·数声鶗鴂》：

> 数声鶗鴂，又报芳菲歇。惜春更把残红
> 折。雨轻风色暴，梅子青时节。永丰柳，无
> 人尽日飞花雪。
>
> 莫把幺弦拨，怨极弦能说。天不老，情
> 难绝。心似双丝网，中有千千结。夜过也，
> 东窗未白凝残月。

"天不老，情难绝。心似双丝网，中有千千结。"
琼瑶阿姨当年能把无数少女的眼泪骗下来，靠的主要
是这两句话。这首词极尽曲折幽怨之能事，把男女悲
欢离合之情写得淋漓尽致，其魔力之大，渗透力之强，
忽悠力之狠，放眼古今中外，无词能出其右。还好俺
发育比较晚，又是条汉子，当时读琼瑶阿姨的书的时
候，没啥特别感觉，不然的话，就糗大了。

常言道：女人心，海底针。但张先这首词，却把
女人的心思给写透了。难怪他是调情圣手——任你针
藏海底，老夫自有妙计；哪怕你奸似鬼，也要喝老夫
的洗脚水。大家说，这位老兄，是红颜的知己，还是

红颜的"祸水"？

对于男人来说，肯定会认为这老家伙是摧花大盗，女人的祸水。对女人来说，肯定不这么认为。张先晚年寓居杭州，虽无政务缠身，可每天仍有"案牍"之劳形，忙得不亦乐乎，干啥？

在为官妓作词。

什么，官妓？

是的，就是专门供奉给官员的妓女。

我说呢，古人不惜头悬梁、锥刺股，也要登榜及第，不仅是为了做官，还为做官后的种种福利。这让我说什么好呢？

然而，张先因为给官妓作词，却惹出了一点小麻烦。原来他把一位名叫龙靓的官妓给忘了。我估计，这龙靓虽然名"靓"，应该长得不怎么靓，否则，张先怎么会犯这样低级的错误？但这龙靓也不含糊，直接给张先写了一首诗索词："天与群芳千样葩，独无颜色不堪夸。牡丹芍药人题遍，自分身如鼓子花。"龙靓说，我确实长得不太漂亮，但是您也不能太偏心啊。您看，我周围的所有姐妹都得到了您的题词，拜托您啦，给我写一首吧。（注：后面跟了一个媚眼，抛了一个飞吻。）张先读后，哈哈一笑，喝了一口小酒，哼着一首小曲，写了一首《望江南》送给了龙靓：

> 青楼宴，靓女荐瑶杯。一曲白云江月满，际天拖练夜潮来。人物误瑶台。
>
> 醺醺酒，拂拂上双腮。媚脸已非朱淡粉，香红全胜雪笼梅。标格外尘埃。

这是一首应景之作，没必要解释了，读者自己去品味吧。强烈建议也别问张先了，因为他已经"一抔黄土掩风流"也。